U0462205

孪生

L'orangeraie

Larry Tremblay

［加］拉里·特朗布雷 /著

彭怡 /译

▲ 海天出版社（中国·深圳）

图书在版编目（CIP）数据

孪生 / (加) 拉里·特朗布雷著；彭怡译. — 深圳: 海天出版社, 2017.10

（枫译丛）

ISBN 978-7-5507-2156-2

Ⅰ. ①孪… Ⅱ. ①拉… ②彭… Ⅲ. ①长篇小说—加拿大—现代 Ⅳ. ①I711.45

中国版本图书馆CIP数据核字(2017)第233552号

版权登记号　图字：19-2017-165号

L'ORANGERAIE

© Éditions Alto, 2013

This edition published by arrangement with L'Autre agence, Paris, France and Divas International, Paris巴黎迪法国际版权代理(www.divas-books.com) All rights reserved.

Simplified Chinese translation copyright © 2017 by Haitian Publishing House, Shenzhen, China

孪生
LUANSHENG

出 品 人	聂雄前
责任编辑	林凌珠　幸绍菲
责任校对	陈少扬
责任技编	蔡梅琴
封面设计	知行格致

出版发行	海天出版社
地　　址	深圳市彩田南路海天综合大厦（518033）
网　　址	www.htph.com.cn
订购电话	0755-83460239（批发）　83460397（邮购）
设计制作	深圳市龙瀚文化传播有限公司　33133493
印　　刷	深圳市华信图文印务有限公司
开　　本	787mm×1092mm　1/32
印　　张	5.75
字　　数	80千
版　　次	2017年10月第1版
印　　次	2017年10月第1次
定　　价	32.00元

献给若昂

目　录

阿米德

如果阿米德哭，阿齐兹也会哭；如果阿齐兹笑，阿米德也会笑。大家都取笑他们俩说："将来，他们会结婚的。"

他们的奶奶叫沙楠，眼神不好，总是把他们搞错。她形容他们是沙漠上的两滴水，老是说："别再手拉着手了，我都怀疑自己看重影了。"还说："总有一天，水滴会不见，变成水，真的。"其实，她应该这样说："总有一天，水滴会变成血，真的。"

阿米德和阿齐兹在废墟里找到了爷爷奶奶。奶奶的脑门被屋梁砸了一个洞，爷爷躺在床上，被山那边打过来的炮弹炸断了手脚。每天晚上，太阳都消失在那座山后面。

炮弹落下来时，天还没亮，但沙楠已经起床。人们在厨房里发现了她的尸体。

"大半夜的，她在厨房里干什么呢？"阿米德问。

"天知道，也许她在悄悄地做蛋糕。"母亲回答。

"为什么要悄悄地做？"阿齐兹问。

"也许是为了给大家一个惊喜。"塔玛拉暗示两个儿子。她挥了一下手，好像在赶苍蝇。

奶奶沙楠有自言自语的习惯。事实上，她喜欢跟周围的一切说话。孩子们见过她询问花园里的花朵，跟屋边的小溪流讨论。她可以弯着腰，对着水悄悄地说上几个小时。祖哈尔看见母亲这个样子，感到很难为情，指责她给孩子们带了坏头。"你这样做就像个疯子！"他大声地对她说。沙楠低下头，默默地闭上了眼睛。

一天，阿米德对奶奶说：

"我的脑袋里有个声音，它老是自言自语，我没有办法让它停下来。它说的话可怪了，好像我身上还有一个人，比我厉害多了，我拿他一点办法都没有。"

"告诉我，阿米德，告诉我它给你说些什么怪事。"

"我没法告诉你，我边听边忘。"

这是在说谎，他其实并没有忘记。

阿齐兹只去过一次那个大城市。那天，父亲祖哈尔租了一辆汽车，雇了一个司机，天刚亮就出发了。阿齐兹看着车窗外飞驰而过的景色，觉得很美、很新鲜。被远远地抛在后面的树很美，奶牛也很漂亮，牛角被涂成红色，安静得就像放在滚烫的地面上的大石头。一路上，又开心，又生气。阿齐兹难受得直不起腰来，但他一直笑着，泪水把景色都淹没了。景色就是一个国家。

祖哈尔曾对老婆说：
"我带他到大城市的医院去看病。"

"我会为他祈祷的，他的兄弟阿米德也会为他祈祷的。"塔玛拉只回答了这么一句。

当司机告诉他们终于快到城里的时候，阿齐兹已晕倒在车中，根本就没有看到传说中的美景。他苏醒过来时，发现自己躺在一张床上。房间里还有别的床，躺着别的孩子。他觉得自己躺在这里所有的床上，自己痛苦的身体增加了好多个；他躺在每张床上，带着这些身体的痛苦，痛得在床上打滚。一个医生向他弯下腰来，阿齐兹闻到了他身上浓浓的香味。他看起来很和蔼，朝阿齐兹笑了笑，但阿齐兹有点怕他。

"睡得好吗？"

阿齐兹没说话。医生直起身来，脸上的笑容淡去了，跟他父亲说了几句话。父亲跟医生走出大病房。祖哈尔紧紧地攥着双拳，呼吸很沉重。

几天后，阿齐兹渐渐感到舒服点了。医生让他喝一些浓浓的混合物，早晚都得喝，玫瑰色的。他不喜欢那味道，但喝了就没那么痛了。父亲每天都来看他，对他说，自己住在堂兄卡西尔家，其他什么都没有说。祖哈尔默默地看着他，摸摸他的额头，手坚硬得像条树枝。有一次，阿齐兹突然惊醒，发现父亲坐在一张椅子上，正木然地看着他，目光让他感到有些害怕。

阿齐兹旁边的病床上躺着一个小姑娘，叫尼兰。她对阿齐兹说，她的心脏在胸腔里没有长好：

"我的心脏长歪了，心的尖尖跑位了。"

尼兰把这件事说给住在大病房里的所有孩子听，因为她见谁就跟谁说话。一天晚上，阿齐兹在睡梦中大喊起来，尼兰害怕了。第二天一大早，她告诉他昨晚看见了什么：

"你的眼睛变得像小面团那么白，你从床上站起来，使劲挥着双臂，我还以为你是在吓我呢！于是我便叫你的名字，但你的灵魂好像跑掉了，不知跑到哪里去了。后来，护士们赶来了，用屏风把你的床围了起来。"

"我做了一个噩梦。"

"为什么会做噩梦呢，你知道吗？"

"我不知道，尼兰。妈妈常说，只有上帝才知道。"

"我妈也经常这样说：'只有上帝才知道。'她还说：'从远古时代就这样。'妈妈说，远古时代，就是地球诞生的第一夜。天黑得伸手不见五指，穿过黑暗的第一道阳光痛得大叫起来。"

"应该是黑夜在大叫，因为它被阳光穿透了。"

"也许吧，"尼兰说，"有可能。"

几天后，祖哈尔问阿齐兹，隔壁床的那个小女孩哪儿去了。阿齐兹回答说，被她母亲接走了，因为她的病好了。父亲低下头，一言不发，然后俯下身，在他额头上吻了一下。父亲是第一次这样做，阿齐兹感动得泪水汪汪。父亲轻轻地在他耳边说道："明天，咱们也回家。"

　　阿齐兹和父亲回家了，开车的还是那个司机。阿齐兹从后视镜里看着道路渐渐后退。父亲在车里抽着烟，奇怪地沉默了。他给儿子拿出一些椰枣和一块蛋糕。

　　到家之前，阿齐兹问父亲，他的病是否治好了。

　　"你不会再回医院了，我们的祈祷如愿了。"

　　祖哈尔用自己的大手摸了摸儿子的脑袋。阿齐兹很开心。三天后，炸弹从山的那一边飞来，劈开黑夜，炸死了他的爷爷、奶奶。

*

祖哈尔和儿子从大城市回来那天，塔玛拉收到了妹妹达丽尔的一封信。达丽尔几年前去了美洲，在电脑行业当实习生。她从一百来个候选人当中脱颖而出，真了不起，但她离开家乡之后就没有回来过。达丽尔经常写信给姐姐，尽管塔玛拉很少回信。她在信中讲述自己的生活，说那里没有战争，所以她感到非常幸福，而且变得非常大胆。她经常说想给塔玛拉寄钱，但塔玛拉断然拒绝了她的帮助。

达丽尔在信中说，她怀孕了。那是她的第一个孩子。她要塔玛拉带着那对双胞胎去找她，她会想办法让他们来美洲的。她暗示塔玛拉，必须抛弃祖哈尔，让他一个人去打仗、去打理他的柑橘园。

"才几年，她变化多大啊！"塔玛拉经常这样说。

有一段时间，塔玛拉很讨厌妹妹。她恨达丽尔：她怎么能抛弃自己的丈夫呢？她不会离开祖哈尔的，不会的。她也在打仗，尽管达丽尔在信中说，他们的战争是徒劳的，只会输。

祖哈尔早就不关心她的消息了。对他来说，达丽尔已经死了，他甚至不想碰她的信。"我不想被玷污。"他厌恶地说。

达丽尔的丈夫是个工程师，她在信中从来没有提过他。她知道，在家人眼里，丈夫是个伪君子，是个懦夫。他是山那边的人，是敌人，逃到了美洲。为了能被接收，他编造了一些耸人听闻的事情和谎话，说自己的民族如何可怕。

他在塔玛拉和祖哈尔的眼里就是这样的人。

达丽尔到了那里之后，怎么会找不到更好的事情做，偏偏要嫁给一个敌人呢？但她能怎么办？"是上帝把他安排在我的道路上的。"她有一天写信这样告诉他们。

"她真是个笨蛋，她还在等什么呢？等我们都被她丈夫的朋友杀光？嫁给他的时候她是怎么想的？她将有助于和平进程？说实话，她一直是个自私的女人。把我们的不幸告诉她又有什么用？也许她丈夫会因为我们的不幸而高兴。谁知道呢？"

那天，塔玛拉在给妹妹的简短回信中，一句都没提阿齐兹住院的事，也没说炮弹刚刚炸死了她的公公、婆婆。

*

来了一辆吉普车，上面坐着几个男子。阿米德和阿齐兹看见家附近的道路上尘土飞扬。那些人来到了柑橘园。祖哈尔把父母埋葬在那里，他刚撒下最后一锹土，额头和双臂都被汗水弄湿了。塔玛拉哭泣着，捂着嘴，咬着嘴唇。吉普车在路边停下，走下三个男人。个子最高的双手端着冲锋枪。他们没有立即走进柑橘园，而是点燃了香烟。

阿米德松开弟弟的手，走到道路旁边，想听听那三个人在讲什么，但听不清。他们说话的声音太小。三个人当中最年轻的那个最后终于朝他这个方向走来。

阿米德认出那个人来，是哈利姆。他高了很多。

"还记得我吗？我叫哈利姆，我是在村里上小学时认识你的。那时还有学校。"

哈利姆笑了起来。

"我想起你来了。你是大人当中唯一跟我和我弟弟说话的人。你的下巴都长出胡须了。"

"我们想跟你父亲祖哈尔谈谈。"

阿米德走回柑橘园，后面跟着那三个男人。父亲向他们迎来。阿米德看见母亲的目光刚毅起来，大声地叫他过去。那三个男人跟祖哈尔争吵了很长时间，风吹走了他们的声音。塔玛拉心想，今天真倒霉，是许多倒霉的日子开始到来的第一天。她看着丈夫，祖哈尔低着头，看着地面。哈利姆向阿米德招招手，阿米德从母亲怀里挣脱开来。母亲正搂着两个儿子，走向这群男人。祖哈尔摸着他的头，自豪地说："这是我的儿子阿米德。"

"另一个儿子呢？"端冲锋枪的男人问道。
"叫阿齐兹，是他的孪生兄弟。"

他们在那里一直待到晚上。祖哈尔向他们指着父母被炸成废墟的屋子，他们全都向山上抬起了头，好像在天空中寻找炮弹的痕迹似的。塔玛拉给他们泡了茶，并把孩子们打发到了房间里。后来，阿米德和阿齐兹透过窗户，看见端冲锋枪的男人回到吉普车里，不一会儿又回来了，双手提着一个袋子。他们好像听见母亲大叫起来。然后，那些男人就走了。吉普车远去的声音久久地回荡在黑夜中。阿米德紧紧地抱着弟弟，最后睡着了。

第二天，阿齐兹对他说：

"你没有注意到吗？噪声不同了。寂静呢，

好像躲藏了起来，准备做坏事。"

"你病了，所以才胡思乱想。"

但阿米德知道弟弟说得对。他从房间的窗口看见了母亲，便叫了一声。

阿米德觉得她好像在哭，并看见她消失在那片朱顶红后面。那是奶奶沙楠一年前栽种的，现在已经长得很大，盛开的花朵挡住了阳光。阿米德和阿齐兹下到一楼，母亲还没有做早饭，父亲一夜没睡，一脸疲惫的样子，坐在厨房的地板上。他一个人在那里干什么？这是孩子们第一次看见父亲坐在厨房的地板上。

"你们饿了？"

"没有。"

其实他们很饿。父亲的身边，有个布袋。

"那是什么？"阿齐兹问，"是坐吉普车来的那些男人忘在这里的？"

"不是忘的。"祖哈尔说。

他招招手，要两个孩子坐在他身边，然后谈起了那个端冲锋枪的人。

"那是一个重要人物，"他对儿子们说，"是从邻近的村里来的。他叫苏拉耶。他充满感情地对我说了一番话，非要去看看你们的爷爷、奶奶被炸毁的房子。他说他要为他们的灵魂祈祷。那是一个虔诚的人，一个有教养的人。他喝完茶后，抓住我的手，对我说："你的屋里是多么安静！我闭上眼睛，柑橘的味道就钻进我的鼻子。你父亲穆尼尔在这块贫瘠的土地上辛苦了一辈子。这里原先是沙漠，在上帝的帮助下，你父亲完成了一个奇迹，他让只有石头和沙子的地方长出了柑橘树。不要因为我拿着冲锋枪来到你家，你就不相信我有诗人的眼睛和耳朵。正义和善良的东西我都听得到、看得到。你是一个正直的人。你的家里很干净，东西摆放得整整齐齐，你老婆的茶泡得很香。你知道俗话都是怎么说的：太甜，不够甜，都不是好茶。而你老婆泡的茶就甜得恰到好处。一条小溪在你父亲家和你家之间流淌，刚好在两座房子的中间。从大路上，人们第一眼看到的，就是位于中间的美。祖哈尔啊，你父亲在这个地区远近闻名，他是一个正直的人。只有正直的人才能把这块不露真面目的土地改造成天堂。是不是天堂，鸟儿绝不会弄错，它们一眼就能认出来，哪怕它藏在高山的影子里。告诉我，祖哈尔，你知道现在正在鸣唱的鸟儿叫什么名字吗？你肯定不知道。鸟儿太多，它们的歌声太美妙。透过窗户，我看见它们的翅膀发出天使般的光芒。那些鸟儿，来自遥远的地方。现在，它们缤纷的色彩跟你刚刚把父母埋在里面的柑橘园的颜色混合在一起，它们的歌声就像是一种祝圣。但那些鸟儿能减轻你的痛苦吗？它们能给你的悲伤另一个名字吗？不能。你的悲伤名叫复仇。祖哈尔，现在你要好好听清楚了。别的村庄也有房子被炸毁，许多人死于导弹和炮弹。我们的敌人想占领我们的土地，他们想在我们的土地上建他们的房子，让他们的女人怀孕。占领了我们的村庄之后，他们就可以向那个大城市推进。他们会杀死我们的女人，让我们的孩子成为奴隶。那样，我们的国家就灭亡了，我们的土地将被他们的魔爪和浓痰玷污。你觉得上帝会允许这种渎圣吗？你觉得会吗，祖哈尔？'

"这就是苏拉耶对你父亲说的话。"

阿米德和阿齐兹不敢动，也不敢说什么。父亲从来没有跟他们说过这么长的话。祖哈尔站起来，在房间里走了几步。阿米德对弟弟耳语道："他这样走的时候就是在思考，因为他只有思考的时候才这样。"

过了好久，祖哈尔才打开坐吉普车来的那些男人留下的袋子。里面有一条奇怪的皮带。他把它解开。皮带太重了，他得用双手才能把它举起来。

"这是苏拉耶用过的皮带，"祖哈尔接着对两个儿子说，"起初，我不明白这是什么意思。哈利姆系上了皮带，我才明白那些男人为什么要来找我。这时你们的母亲进来了，她还端着茶。一看见哈利姆，她就大叫起来，盘子打翻在地，茶壶也掉在地板上，一个玻璃杯打碎了。我要你们的母亲把打碎的东西都收拾掉，再拿一壶茶来。我连声对苏拉耶说对不起，你们的母亲不应该喊的。"

阿齐兹想碰一下那条皮带，父亲把他推开了，把皮带重新放回袋子里，然后走出了房间。阿米德和阿齐兹透过窗户，看见他消失在柑橘园里。

*

塔玛拉很少跟丈夫说话。其实，她宁愿这样沉默，也不愿动不动就吵架。他们相爱，就像在上帝和男人的目光注视下应该相爱的那样相爱。

她在花园里干活，回来时，丈夫往往已经躺下。她坐在摆在玫瑰花前的长凳上，呼吸着潮湿的土地所散发出来的浓浓的泥土气息，陶醉在昆虫的音乐声中，抬起头用目光寻找着月亮。她望着它，好像那是刚刚遇到的朋友。有些夜晚，月亮就像是天空这块肉上的指甲印，她很珍惜独自面对无限的这一刻。孩子们睡了，丈夫在房间里等她，她也许就像星星一样存在着，为陌生的世界闪耀。塔玛拉凝望天空时，心想，月亮是否知道死神想干什么：让它永远从夜空中消失，让人们失去它的光芒。它可怜的光芒来自太阳。

在布满星星的天空下，塔玛拉不怕跟上帝说话。她觉得自己对上帝比对丈夫还熟悉。她的喃喃细语消失在小溪的流水声中，然而，她希望她说的话能传到上帝的耳中。

坐吉普车来的人离开他们家时，祖哈尔一定要送他们一些柑橘，还要老婆帮他装满两篮，但遭到了她的拒绝。那天晚上，塔玛拉在长凳上坐的时间比平常长。孤独的夜晚，她就喜欢坐在那儿。她不敢说出想从舌头里跳出来的话，而且那天，她连祈祷也没有说出声来：

"主啊，你的名字很大，但还是不能完全容纳它。你要拿我这样的女人的祈祷做什么呢？我连嘴唇都碰不到你的第一个音节的影子。可他们却说，你的心比你的名字更大。你的心不管多么大，像我这样的女人是可以在心中听见的。他们提到你的名字时就是这样说的，那时他们肯定只说真话。但为什么要生活在这个时间不起作用的国家里呢？油画没有时间剥落，窗帘没有时间发黄，碗碟没有时间破损，事情总是长久不了，死神总是来得那么急。我们这个国家的男人老得比女人快，他们像烟叶一样干枯。那是因为仇恨在他们身体里面代替了骨头。他们倒在灰尘里，再也站不起来。风一刮，他们就会消失得无影无踪。到了夜晚，只听见他们的女人的哭泣声。上帝啊！我有两个儿子，一个是手心，另一个是手背；一个接受，另一个给予。今天是这个，明天是那个。求求你了，别把两个都从我这儿拿走。"

塔玛拉在拒绝装满两篮柑橘让丈夫送给那些坐吉普车来的人的那个夜晚，就是这么祈祷的。

＊

自从村里的学校被炮弹炸毁后，塔玛拉就成了临时老师。每天早晨，她都要让两个儿子坐在厨房里，紧挨着底儿已经发黑的几个大锅。扮演这个新角色，她显然很高兴。本来应该给学校重新选址，但选哪里，村里的人争执不下。于是，几个月来，各家只好自己对付。阿米德和阿齐兹却并没有不高兴，他们喜欢闻厨房里的味道，那里的天花板上挂着一串串干薄荷和大蒜瓣。他们的学习甚至还有了进步。阿米德写作要好一些；阿齐兹呢，尽管住了院，但更加勇敢地向乘法口诀表发起了进攻。

由于孩子们手头没有书，一天早上，塔玛拉突发奇想，用可回收的包装纸来做练习本。于是，厨房里的那两个小作家，用自己的故事在皱巴巴的纸上写了好几本滑稽有趣的书。孩子们很快就爱上了这个游戏。阿米德甚至创造了一个人物，通过一些神奇的历险，把他写得栩栩如生。这个人物在遥远的星球探险，在沙漠里挖隧道，击败了海底生物。阿米德把他叫作多迪，让他拥有两张嘴，一张很小，一张很大。多迪用小的那张嘴来跟昆虫和微生物说话，用大的那张嘴去吓他正与之勇敢搏斗的怪物。但多迪有时也同时用两张嘴说话，结果，说出来的话变了腔调，十分滑稽，新创造的词和跳跃的句子让两个初出茅庐的小作家笑得直不起腰来。塔玛拉很开心。但自从炮弹炸了房子，炸死了爷爷、奶奶，他们就地取材的作业本上写的都是一些伤心和残忍的故事。多迪成了哑巴。

在坐吉普车来访的那些男人走了一星期之后，在一个夜晚，祖哈尔遥远的声音一直传到了阿米德和阿齐兹无精打采地写作业的厨房里。他从柑橘园里叫他们。他每天在那里干12个小时的活，锄草，浇水，检查每棵树。可是，现在不是他休息的时候啊!

　　阿米德和阿齐兹放下铅笔,跑去找他们的父亲。父亲忧心忡忡,不知如何开口。塔玛拉也从屋里出来了,祖哈尔让她也过去。她摇摇头,转身回到了房间。祖哈尔当着儿子们的面骂了她。他以前从来没有这样过。阿米德和阿齐兹都不认得父亲了。但他一开口说话,声音却比往常平静。

　　"看哪,儿子们,月光是多么纯净,"祖哈尔抬起头,"瞧,只有一片云在天上飘。它在很高很高的地方,慢慢地散开。几秒钟后,深蓝色的天上就会只剩下几条残絮。瞧,你们看见了,云已经不见了,一切都是蓝色的。奇怪呀,今天怎么没有风?远处的高山好像在做梦,甚至连苍蝇也不再嗡嗡了。我们周围的柑橘树呼吸时都不敢出声。为什么会这般寂静、这般美?"

　　阿米德和阿齐兹不知道怎么回答父亲这个

惊人的问题。祖哈尔抓住他们的手，把他们拉到田头，他埋葬父母的地方，让他们坐在滚烫的石头上。

"看，爷爷、奶奶的墓地好像在对我们说，他们在安息。他们作了什么孽要死得这么惨？听清楚了，那天陪同苏拉耶来的那个男人名叫马纳哈，是哈利姆的父亲。"

阿米德和阿齐兹没有说话。

"你们认识哈利姆吗？不想回答我？我知道你们认识哈利姆。那天晚上，在苏拉耶沉默的时候，马纳哈就跟我说话。他的声音跟苏拉耶的声音一样坚决。他对我说：

"'祖哈尔，站在你面前的是个渔民，我不配陪伴你。正如苏拉耶所说，你是你父亲穆尼尔可敬的儿子，他的名声早就传到了四方。必须跟上帝保持一致，才能让你父亲双手创造的事业获得成功。看着他被炸毁的房子，多么可惜！多么耻辱！多么痛苦！请接受我这个渔民可怜的祈祷。我拍着自己的胸脯，为你父母的灵魂祈祷。'

"说着，马纳哈狠狠地捶了三下自己的胸口，像这样。"祖哈尔当着儿子们的面模仿马纳哈的动作。

"马纳哈还对我说：

"'祖哈尔，上帝已两次降福于你。你就高兴吧！他让你老婆怀了两个一模一样的儿子。我老婆只生了一个儿子，而且在生的时候难产死了。哈利姆是上帝给我的最宝贵的东西。然而，我打了他。你看，你现在还能看见他脸上的疤痕。当他把自己的决定告诉我时，我打了他。我闭上眼睛，像捶墙一样打了他。我闭上眼睛，是

因为我在光天化日之下下不了手。睁开眼睛时，
我会看见血；闭上眼睛的时候，我能打得更狠。
我睁开了眼睛。哈利姆没有动，他笔直地站在我
面前，眼睛里充满了红色的泪水。愿上帝饶恕
我。我只是一个悲惨的渔民。我不明白，我不想
弄懂他的决定。'

　　"'现在，你明白你儿子的决定了。'这
时，苏拉耶对马纳哈说，然后去吉普车里拿皮
带。

　　"趁苏拉耶不在，哈利姆向我弯下腰来，好
像要向我透露一个秘密：'祖哈尔，你听我说。
在遇到苏拉耶之前，我一直在诅咒自己的母亲。
我诅咒她没有让我跟她一起去死。为什么要把我
生在一个还在寻找名字的国家里？我不认识我母
亲，我永远不会认识我的祖国。但苏拉耶向我走
来。一天，他对我说："我认识你父亲，我去过
他的店铺，给我的靴子换鞋底。马纳哈是个好手

艺人。他活干得好，收费很合理。但这个人运气不好。你呢，作为他的儿子，你的运气比他更差。哈利姆，光说出上帝的名字是不够的。祈祷的时候我曾观察过你，你的力气都去哪里了？为什么跪在你的兄弟们当中，乞求上帝的名字？你的嘴空空的，就像你的心。谁想要你的不幸呢，哈利姆？告诉我，谁能拿你的抱怨当饭吃？你已经15岁了，还没有用上帝赐给你的这条生命做过任何事情。在我看来，你比我们的敌人好不了多少。你的懦弱削弱了我们的力量，给我们带来了耻辱。你怎么不会发火？我听不见。听着，哈利姆，我们的敌人就像是狗。你要知道，他们跟我们很像，因为他们也长着一副人脸。这是一种幻觉。用你祖先的眼睛好好看看，你将会看到，这些脸究竟是用什么做的。那是用我们杀死的人做的。在每一个敌人的脸上，你都能看到被我们歼灭的一千个人。千万不要忘记，你的每滴血都比他们的一千张脸宝贵一千倍。"'

"当苏拉耶拿着皮带回来的时候，黑夜中充满了寂静。"祖哈尔最后对两个儿子这么说。他们坐在柑橘树浅浅的影子里，听他说话。

父亲讲的故事让阿米德和阿齐兹听呆了，他们知道，柑橘园里的生活从此将会改变。几天来，这是祖哈尔第二次这么严肃地跟他们说话，他平时可是个惜话如金的人。他艰难地站起来，点着一支香烟，慢慢地吸了一口。每吸一口，头脑里好像都翻滚着沉重而痛苦的思考。

"哈利姆要死了，"祖哈尔捻灭烟头，突然说，"中午，当太阳照到头顶时，哈利姆就要死了。"

祖哈尔坐在儿子们身边，三个人默默地等待太阳照到自己的头顶。到了中午，祖哈尔要儿子们看着太阳。他们照办了，先是眯着眼睛，然后，成功地睁开了眼皮。他们两眼都流出了泪水。父亲盯着太阳，看的时间比他们长。

"哈利姆现在站在太阳旁边。"

"为什么？"阿齐兹问。

"因为有穿着衣服的狗，我们的敌人是一些穿着衣服的狗，他们包围了我们。在南边，他们用砖墙封住了我们的城市。哈利姆就是去那里。他越过了边境，苏拉耶告诉过他该怎么做。他通过一条秘密隧道，然后，登上一辆挤满了人的公共汽车。到了中午12点，他就引爆自己。"

"怎么引爆？"

"用炸药皮带，阿齐兹。"

"就像我们看到过的那种皮带？"

"是的，阿米德，就像你们在袋子里看到过的那种皮带。'听好了。'苏拉耶临走之前走到我旁边，在我耳边悄悄地说了几句话。他对我说：'你有两个儿子，他们出生在我们北部边境的山脚下，没有人比你的两个儿子更熟悉这座山的秘密了。难道他们找不到办法去山的那边？他们以前去过，不是吗？你会想，我是怎么知道的。哈利姆告诉我的，是你的两个儿子自己告诉哈利姆的。'"

说着，祖哈尔突然抓住两个儿子的脖子，右边阿米德，左边阿齐兹。他把他们从地面上提了起来，好像疯了一样。阿米德和阿齐兹觉得似乎地都震动了，四周的柑橘成片成片地从树枝上掉下来。

"是这样的吗？"父亲对他们大声地吼道，"你们对哈利姆说了些什么？你们对那个刚刚炸死自己的年轻人说了些什么？"

阿米德和阿齐兹哭了，说不出话来。

那天晚上，祖哈尔来到他们房间。他们已经睡了，他朝他们弯下腰。黑暗中，他的身体像一团变了形的东西。他低声地说着话，问他们是否已经睡着。他们没有回答，但并没有睡着。祖哈尔继续轻声细语说着：

"孩子们啊，上帝知道我的心事，你们也知道我在想什么。你们一直都很给我争气。你们是我勇敢的儿子。当炮弹落在你们爷爷、奶奶的房顶时，你们表现得十分勇敢。你们的母亲为你们而骄傲，但她不明白我们的国家发生了什么事，不愿看到我们处在危险当中。她太伤心了，苏拉耶走的时候，她没有向他告别。那可是个重要人物。她骂了他，她不应该这样做的。苏拉耶会回来的，你们知道，他会回来找你们的。现在，睡吧。"

他先是在阿米德的额头上吻了一下，然后又吻了阿齐兹一下，就像在医院里那样。他走了以后，他身上的味道还留在房间里。

*

祖哈尔说得没错，苏拉耶很快又来了。阿米德一下子就听出了吉普车的声音。他从家里跑出来。苏拉耶向他招招手，让他过去。这次，苏拉耶一个人来。他问道：

"你是阿米德还是阿齐兹？"

"我是阿米德。"

"好，阿米德，去把你弟弟阿齐兹找来。我想跟你们俩一起谈谈。"

阿米德回到屋里，阿齐兹还没有起床，因为他病了，母亲让他睡觉。

阿米德把他摇醒："快，穿上衣服，苏拉耶回来了。他要找我们说话。"

阿齐兹睁大眼睛，惊讶地扬了一下眉毛，就

像一只小狗。

"听到我说的话了吗？快点，我在下面等你。"

"来了。"弟弟嘟哝着，还没有完全醒来。

几分钟后，阿米德和阿齐兹走到吉普车旁边，又激动又警觉。

"你们还等什么呢？上车，"苏拉耶嘴边挂着笑，对他们说，"别害怕，我不会吃掉你们的。"

他把冲锋枪放到后座，在自己身边给他们腾出位置。吉普车开动时，阿米德看见父亲在柑橘园里。他走到路边，看着吉普车绝尘而去。

苏拉耶把车开得飞快。两个小男孩喜欢这

样。阿齐兹坐在苏拉耶和哥哥之间，谁都没有说话。他们离开了大路，拐进通往山中的一条土路。起风了，扬起的灰尘刺激着眼睛。孩子们看到了一头动物的死尸。苏拉耶猛打方向盘，避开了它。阿米德问那是什么，苏拉耶耸耸肩，没有回答。几分钟后，吉普车突然停下，没法再往前走了。高山矗立在他们面前，用它蓝色的庞大身躯挡住了他们的视线。

苏拉耶下了吉普车，走了几步。

"他在干什么？"阿米德低声问弟弟。

他们突然听见了水声。阿齐兹忍住笑，说："他在尿尿。"

不一会儿，苏拉耶回到了吉普车上。阿米德和阿齐兹觉得这几分钟过得好慢。苏拉耶点着一支香烟，长长地吐了一口烟，然后指着旁边的山。

"很久以前，我常常到这里来，"他对他们说，"那时我跟你们一般大，我常和几个朋友骑车溜达。我把自行车放在路边，然后徒步在岩石之间历险。那时，山里还有狼——不过，现在已经没有了，只有蛇——还有一片片巨大的雪松林，非常漂亮的树。今天，周围只剩下一小片了。你们看那边，还可以看见一棵。看见了吗，在悬崖旁边？这种雪松啊，我熟悉得不得了，起码有2000岁了。我小时候最高兴的事，就是攀上树枝，一直爬到最高的地方。在朋友当中，我是唯一能完成这一壮举的。尽管我会感到头晕，但我不怕。一旦抓住最高的那根树枝，我便几小时几小时地在那里遥望着平原。在那上面，我觉得自己成了另一个人。我同时看见了过去和未来。我感到自己是不朽的……不可思议啊！我可以看到山的两边，只需扭扭头。天晴的日子，我的目光如同老鹰展开的翅膀，没有任何东西能够阻止它。东边，我看见了你们的爷爷穆尼尔的黄土地。我认为他真是疯了，想在山的这边种树！我骂了他几句。我可不怕这样做，我清楚得很，他听不见。当我藏在树顶的时候，谁也听不到我说什么。没有人能听到！"

突然，苏拉耶停止说话，盯着天空，好像刚刚听到有飞机飞过。但天上什么都没有，甚至连鸟儿都没有。苏拉耶吐出最后一口烟，把烟头弹在空地上，然后抓住冲锋枪，站在吉普车里，朝雪松打了一梭子。枪声吓得两个孩子大气都不敢出，他们贴在吉普车的座椅上。苏拉耶扔下武器，抓住他们的脖子，就像他们的父亲在柑橘园中抓住他们的脖子那样。苏拉耶的手臂肌肉发达，浑身散发着巨大的力量。

"猜猜看，"他的声音中充满自豪，"我小时候，朝西边看去的时候，我能看见什么？不是你们的爷爷累死累活地在那里干活的那块狭长的贫瘠土地。不是的！我在那上面能看到的东西，你们做梦也想不到！西边是一座山谷，我们的祖先在那里种花种草，全都是漂亮的花园。那是天堂啊！我要对你们说，那真的是奇迹。在一大片桉树林后面，可以远远地看见一个村庄的边缘。村民在房前屋后栽种椰枣树和棕榈树。我们的领土一直延伸到山梁，巨大的山脉沿着海洋蜿蜒。我在自己所待的地方，大声朗诵我们伟大的诗人纳哈尔的诗句：

天堂是用水、用土、用天空，
和一道无以阻挡的目光构成。
目光是空间中的秘密物质，
千万别让它熄灭。

"但如果你今天爬上那棵病了的雪松，你会看到什么？或者是你，嗯？告诉我，你将看到什么？"

苏拉耶摇着其中一个孩子的肩膀："怎么不

回答？今天你会看到什么？"

他摇晃着孩子的身体，把孩子都弄痛了。阿米德什么都没说。

"你的舌头被狗咬了？嗯？"

阿米德被吓坏了。苏拉耶下了吉普车，走了几步，然后又折返，向孩子们走回来。他狠狠地踹了一脚吉普车的轮胎，唇角冒出一点唾沫。

"说到底，还是你们的爷爷穆尼尔做得对，"他痛苦地大叫，"他在山边种了柑橘树！喂，从车里出来！别这样看着我。你们清楚得很，我为什么把你们带到这里来。"

苏拉耶把两个孩子拽出吉普车。阿米德抓住弟弟的手，阿齐兹的手在发抖。

"你们熟悉这地方，我知道。轰炸之前，你们常来这里。有一天我甚至看见你们骑着自行车。你们来过这里，是吗？我敢肯定，而且知道为什么。你们告诉了哈利姆，而哈利姆告诉了我。"

"我们什么都没对哈利姆说过，他撒谎。"阿米德急忙争辩。

苏拉耶笑了，双手按着阿米德的肩：

"孩子，别害怕，你没有做过任何坏事。"

阿米德挣脱开来，向土路跑去。苏拉耶向另一个孩子转过身，问他是阿米德还是阿齐兹。

"我是阿齐兹。"

于是，苏拉耶向逃跑的阿米德转过身，大

声喊道："阿米德！阿米德你听我说！哈利姆告诉我，有一天，你们的风筝断了线。我知道那天发生了什么。上帝是伟大的，是他弄断了你们的风筝线。相信我说的话，阿米德。他弄断了风筝线，是想让事情恢复本来的面貌。"

阿米德不再跑了。苏拉耶抓住阿齐兹的手，拉着他向他哥哥走去。三个人坐在一块岩石的阴影中。

"你们是到这里来放风筝的。周围的孩子都知道，这里是放风筝最好的地方。但自从轰炸以来，谁都不敢到这里来冒险了。而你们俩，尽管很危险，还是来了。

"于是，你们的风筝线断了，断了线的风筝飞走了，好像想去山的那一边，想飞到巨大的海洋那里。但是，风突然停了，好像出了奇迹。你们看着风筝从天空落下来，消失在山的另一端。你们跑去寻找，好像那是世界上最宝贵的东西。

纸和风！我想，你们的风筝一定很神奇，五彩缤纷。也许像鸟，或者像龙，也许像蜻蜓。"

"不不，根本不是这样的，"阿齐兹说，"那是我们的爷爷穆尼尔做的。只有纸和风，正像您刚才说的那样。"

"然后你们开始爬山。我说得对吗？回答我！"

"我们必须带着风筝回家，否则，父亲会盘问我们的。"阿米德解释说。

"是的，"阿齐兹接着说，模仿父亲的声音，"'你们是在哪里弄丢的？真是没良心，丢了爷爷的礼物。你们去哪儿了？'"

"他一定是在等我们的回答。"阿米德又说，"我们应该说实话，不能对父亲撒谎。"

"这很好。永远不能对你们的父母撒谎。"

"如果父亲知道我们来到这里，"阿齐兹说，"他会把我们杀了的。必须带风筝回去，于是我们开始爬山。山不是很高，就像有条幽灵般的道路在山石之间弯来弯去，我们沿着道路走，走得很轻松。我们笑了。爬得那么高，远远地看着下面的山谷，看着绿色的柑橘园，真让人激动。"

"有胆量爬得那么高的人，一下就能拥抱自己的整个人生以及死亡。"

苏拉耶说这话时笑了。他把香烟递给两个孩子，三个人坐在地上抽了起来。尽管是在阴影中，但地面却越来越热。苏拉耶脖子上的汗水亮晶晶的。

"说到底，还是你们的爷爷穆尼尔做得对，他当时选对了山坡，种了柑橘树。因为在山坡的另一面，我们的死者被人从坟墓中扔了出来，生者遭到了屠杀，他们的房子被毁，农田和花园遭到破坏。我们的敌人每一天都在蚕食我们祖宗的土地。那是些耗子！"

苏拉耶深深地抽了一口烟。

"对了，阿米德，还有你，阿齐兹，当你们爬到山顶时，你们看到那边有什么？"

"天的那边，"阿齐兹回答说，"我看见了天的那边。它大得没有尽头，我们的眼睛好像看不到那么远。还有，在被风扬起来的尘土中，我远远地看见了一个城市，一个滑稽的城市。"

"那不是城市，"阿米德纠正道，"不像是城市。两头都有高塔，向空中扫射着光芒。"

"你们看到的，是军事据点。你们看见了围着铁丝网的仓库，知道里面藏着什么吗？我们的死者。他们计划了好多年了。不过，上帝弄断了你们的风筝线，现在，他们要储藏的，是他们自己的尸体。"

苏拉耶的最后几句话，阿米德和阿齐兹没有听懂，他们寻思，这个人是否丧失了理智。

"你们知道在山的那边将看到什么。谁不知道呢？我们打了很长时间的仗了。你们知道的，不是吗？你们跟哈利姆就是这样说的。"

"不，我们不知道！"
"别撒谎。"
"我哥哥没有撒谎！"阿齐兹大叫着站起身来，"他只跟哈利姆说，我们的风筝成功地飞到山那边去了。"

"我只是想跟他吹吹牛罢了，没别的，"阿米德补充道，话音里带着哭声，"哈利姆是我们那里最厉害的风筝手。我没有干过任何坏事。"

"你们俩都给我听好了。你们是否知道，这不要紧；你们跟哈利姆说了些什么，这也不要紧。重要的不是这些东西。这些幼稚的东西，我们不要再谈了。你们想不想知道那天究竟发生了什么事？"

说着，苏拉耶站了起来，不等他们回答，就迈开大步，朝山上走去。

"跟着我！"

*

　　三个人在太阳底下走了足足十分钟，好不容易才来到山脚下。

　　"我想，你们就是从这里爬到山上，想找回你们的风筝。"

　　"是的。"阿齐兹承认说。

　　"就是这里。"他哥哥补充说。

　　"我想是的。"

　　苏拉耶伸出双臂，搂住两个孩子：

　　"你们不知道，你们每走一步，都有可能踩响地雷？你们不知道，嗯？"

　　苏拉耶摸着两个孩子的脑袋。

　　"奇迹！那天真的发生了奇迹。上帝弄断了

你们的风筝线，又把你们带进了山里。"

他们默默地回到了小路上。阿齐兹抽了苏拉耶先前给他的烟，想吐。

回到吉普车上的时候，苏拉耶爆发出一阵大笑。他捡起在脚边发现的一瓶水，是半满的。他打开盖子，把剩下的水浇到头上。水淋到了他的头发上和胡子上，弄湿了他的衬衣。他的笑声吓坏了两个孩子。他向他们转过身来，大笑着，雪白的牙齿很漂亮，毫无瑕疵。他发动了汽车。阿米德不敢对他说自己也很渴，他用目光在路边寻找，希望还能找到一瓶水，可是没有。苏拉耶把车开得比来的时候更快。在吉普车的噪声和风的呼啸声中，他讲话非常大声。他说："你们是否意识到自己完成了什么任务？你们找到了一条小路，可以前往那座滑稽的城市。只有你们走过那条路，其他人，凡是尝试从那里走的人，全都被地雷炸残了。几天后，你们当中的一个人将回到那里。你，阿齐兹，或者你，阿米德。这将由你们的父亲来决定——决定谁将扣上那条炸药皮带。他将翻过山，前往那座古怪的城市，让它永远消失。"

离开他们之前，苏拉耶又对他们说："上帝选择了你们。上帝为你们祝福。"

阿米德躲到家里去了。阿齐兹呢？他久久地望着远去的吉普车扬起的尘雾。

*

孩子们等着苏拉耶回来。时间过得很慢很慢，迈不动脚步，好像是用面团做的。兄弟俩中的一个将去参战，像苏拉耶所说的那样，去那座古怪的城市，炸毁军事据点。他们一天到晚都在说这件事。父亲将选谁去呢？为什么选他而不选他？阿齐兹发誓，不能让哥哥一个人去。阿米德也同样。他们尽管还小，但已经意识到苏拉耶赋予他们的荣誉。他们突然成了真正的战士。

为了打发时间，他们在柑橘园里玩爆炸游戏。阿齐兹拿了哥哥的一条旧皮带，在上面绑了三个小罐，里面装满了沙子。他们轮流系着皮带，逼真地扮演未来的牺牲者。柑橘也在跟他们一起玩打仗，它们变成了敌人，战士们列队，队伍一眼望不到尽头。只要有一点点可疑的声响，它们就扔下它们的水果炸弹。孩子们在它们之间

钻来钻去，爬上爬下，蹭破了膝盖上的皮。当他
们点燃导火索时——其实是一根旧鞋带，树木被
炸得连根拔起，化成无数碎块，飞向天空，然后
慢慢地重新落下，掉在残枝上。

　　阿米德和阿齐兹试着想象那致命的一刻具有
多大的威力。

　　"你觉得人被炸的时候会痛吗？"

　　"不会，阿米德。"

　　"你肯定？哈利姆呢？"

　　"哈利姆？"

　　"现在，应该到处都有哈利姆的小肉渣。"

　　"我想是的。"

　　"你认为这是个问题吗？"

　　"什么是个问题？"

　　"要到那上面去。"

　　"好好想想，阿米德。落到地上的东西不
重要。真正的哈利姆、完整的哈利姆已经在那

上面了。"

　　"我也这样想，阿齐兹。"

　　"那你为什么担心？"

　　"不为什么。昨天，我做梦来着。父亲选择了我，出发之前，我把我的黄卡车送给了你。"

　　"什么黄卡车？"

　　"我梦中的黄卡车。"

　　"你从来就没有过黄卡车。"

　　"在梦里有。我给了你，然后就带着皮带出发了。"

　　"我呢？"

　　"你？"

　　"你带着皮带走了之后我做了什么？"

　　"你跟黄卡车玩。"

　　"阿米德，你的梦真荒唐。"

　　"你才荒唐呢！"

　　兄弟俩默默地对视了很久，都在猜对方在想什么。阿齐兹看见哥哥的眼睛冒出了泪水。

"阿齐兹，你有时能听到一些声音吗？"

"你说什么？"

"在你头脑中说话的声音。"

"没听到过，阿米德。"

"从来没有？"

"从来没有。"

弟弟的回答让阿米德很失望。起初，他还以为大家都能听到在头脑中回响的声音。"假如事情本来就是这样的话……"但随着时间的推移，阿米德得出了结论，他可能是世界上唯一遇到这种现象的人。他周围的人没有一个跟他提到过这样的事情。他只大着胆子跟奶奶沙楠讲过一次，但说不清楚自己听到了什么，除了那种奇怪的声音。

那种声音在他的脑海里发出一种不和谐的响声，把词语反过来，或者是不断重复他刚刚说过的话，或是他弟弟和母亲前一天晚上说过的话。

阿米德觉得自己身上藏了一个小阿米德，好像是自己的一个核，是用比自身的肉体硬很多的物质制造的，他好像有很多张嘴，就像多迪一样。有时，那些声音说个不停，好像知道的事情比阿米德还多似的。也许他出生得比阿米德早？也许他在寄居在阿米德身上之前在别的地方生活过？也许，阿米德睡觉的时候，他还在到处旅行，收集他所不知道的知识？也许他懂得别的语言？尽管他有时会歪曲词义，或莫名其妙地冒出许多词语来。他是否有重要的事情要告诉阿米德？

*

　　祖哈尔花了好多天来收拾父母残余的房子。
他打扫了房前屋后，把照片、衣服和几副餐具拿
回家里，但有几件还能用的家具他没有要。塔玛
拉在尽心尽力地给他帮忙，孩子们也要求搭把
手，但他把他们都赶走了。夫妻俩默默地干着
活。一种痛苦而沉重的寂静。塔玛拉多次想开
口，但每次都把话咽了回去。她觉得祖哈尔也跟
她一样。一辆卡车开过来，运走了屋中所剩的一
切。只剩下几块染着血迹的地板。祖哈尔抓住妻
子的手，她不明白他想干什么。看到她紧张的样
子，祖哈尔便要她坐下来。她服从了。他随后也
在她身边坐下，坐在为其主人而悲伤的地板上，
墙壁已经倒塌。塔玛拉一度想笑，觉得公公、婆
婆的房子好像刚刚被风刮走，她和丈夫也正要被
刮离地面，永远离开。

最后，还是祖哈尔打破沉默："让阿米德去吧！"塔玛拉的心跳都要停止了。

"我知道你是怎么想的，"祖哈尔艰难地接着说，"我知道你想对我说什么。我想过，想过很长时间。不能让阿齐兹去，否则我会感到羞耻的，塔玛拉。如果让阿齐兹去，我就没法再活下去，也不能再面对上帝。是的，塔玛拉，这些，我都想过很长时间。我在心里把这个问题反反复复想过无数遍……"

"可阿齐兹会……"塔玛拉想说什么，但无法把话说完。

"是的，你我都知道，阿齐兹会死。我把医生说的话都告诉你了。如果他去，那就算不上是牺牲，而是一种冒犯，我们会遭到报应。还有，阿齐兹，就他那种身体状态，他也无法完成任务。他太虚弱了。不，塔玛拉，不可能是阿齐兹。不能派一个生病的孩子上战场，我们不能牺牲已经牺牲了的东西。试着用你自己的话来说，塔玛拉，你会得出跟我一样的结论。我们将让阿米德去。"

塔玛拉哭了，摇摇头，说不出话来。

"你知道苏拉耶为什么带着马纳哈来哀悼？因为马纳哈的老婆在给他生孩子的时候死掉了。他都不惜牺牲自己的独生子。"

祖哈尔站起身来。塔玛拉看着他弓着背，消失在柑橘园里。她并没有感到意外。她知道祖哈尔会选择阿米德。她打心眼里知道，早就知道。这一点让她痛苦得说不出口来。

那天晚上，她在花园里看着月亮，让遥远的月光洒满她的全身。突然，她想起了一首歌。她母亲曾在她耳边哼唱、哄她入睡的儿歌：

有一天，我们将沐浴阳光，

眼睛总是睁开，到处张望。

可是今晚，宝贝啊，闭上你的眼睛。

　　她感到有一股凉气钻进她的肚子。她觉得自己病了，但通常往下走的凉气，这回却往上涌到了嘴唇和舌头上，在嘴里形成几个冰冷的词。她知道已经太晚了，没有任何东西能融化这些词和它们所表达的思想。她一直等到黑夜降临她家，才轻手轻脚地上楼，来到孩子们的房间里，听着他们轻轻的呼吸声。他们睡得很香。她走到阿米德的床边，把手放在他的额头上，等着他醒来。当他睁开眼睛时，她轻轻地握住他的手：

　　"别说话，别吵醒你弟弟。跟我来。"

　　两人像小偷一样走出房间。母亲拉着阿米德回到花园，坐在玫瑰对面的长凳上。"月光长凳",塔玛拉喜欢这样偷偷地叫它。母亲半夜把他唤醒,带到花园里,阿米德并不怎么感到惊讶,他睡意未去,眼皮依然非常沉重。"听着,阿米德。你父亲很快就会悄悄地进入你的房间,为了不吵醒你弟弟。他会来到你的床头,摸着你的头,就像我刚才那样。你呢,你会慢慢地醒来,看着他向你贴过来的脸,你会明白,他选择了你。是的,他会抓住你的手,把你带到柑橘园,让你坐在一棵树下,跟你说话。我不知道你父亲会怎么跟你说,但没等他开口你就会知道。你知道这是什么意思吗?你不会再从山那边回来。我不知道苏拉耶对你和你弟弟说了些什么,但我猜得到。你父亲说,那是一个能看见未来的人,一个重要的人物,能保护我们不受敌人的侵犯。大家都尊重他,没有一个人敢违背他的意志。你父亲怕他,而我呢,一看到他,我就觉得他气势汹汹。你父亲不应该让他跨进咱家的大门。谁给他这个权利,让他能走进别人家里,夺走别人的孩子?我又不笨,我很清楚,现在是战争时期，应该做出牺牲。我也知道你和你弟弟都很勇敢。你们曾对父亲说，系上那条皮带是你们的荣誉，也是你们的责任。他把你们的话都告诉了我。你们准备追随哈利姆和其他那些人。你们的父亲慌乱不安，你们坚决的态度让他感到骄傲，上帝给了我们世界上最好的两个孩子。可是我，阿米德，我不是世界上最好的母亲。你还记得我的表妹哈吉米吗？你记得的，是吗？她病了。阿齐兹得的也是同样的病。他的骨头正在消失，当初在身体中怎么形成，现在就怎么消失。你弟弟会死去的，阿米德。"

"我不相信。"

"别指责母亲对你撒谎，是大城市的医生对你父亲说的。阿齐兹可能看不到下次丰收了。别哭，我的宝贝，这太残酷了。求你了，别哭了。"

"妈妈。"

"听着，阿米德，听我说。我不想让你去。"

"你说什么？"

"我不想两个儿子都失去。跟你弟弟说说，让他替代你。"

"绝对不行。"

"告诉他你不愿意去。"

"这不是真的。"

"告诉他你害怕了。"

"不！"

"噢，阿米德，我的宝贝。阿齐兹如果死在山那边，他会感到更加幸福。否则，你知道什么在等待着他吗？他会非常痛苦地死在床上。上帝将带着一个牺牲者应有的荣耀欢迎他。别剥夺你弟弟这种光荣死亡的权利。求你了，让阿齐兹替代你。别对任何人说，尤其是你父亲。这将是我们之间永远的秘密。"

阿米德回去睡了，就像是一个脚步蹒跚的小幽灵。塔玛拉仍然坐在月光下的长凳上，努力平静自己怦怦直跳的心。过了很长时间，她才向最靠近她的一朵玫瑰伸出手去，用手指头抚摸着花瓣。她似乎看见了花在呼吸。"香气就是花的血，"沙楠有一次对她这么说，"花朵勇敢而慷慨，它们不顾自己的生命，倾泻鲜血，所以才枯萎得那么快。它们把自己的美献给了欣赏和喜欢它们的人，所以才憔悴。"

沙楠是在这对孪生兄弟出生时栽种这株玫瑰的，这是她欢迎孙子们来到这个世界的方式。塔玛拉突然从长凳上站起来，开始一朵朵地摘玫瑰。她的手被刺伤了，鲜血直流。她感到自己很可恶。那种残酷的想法，她已经完全表达了出来：她要派生病的儿子去赴死。

第二天，一个声音吵醒了阿米德，而他的弟弟还在熟睡。让他感到大为震惊的是，这个声音带着哈利姆特有的说话节奏。没错，就是他在说话。这声音在他身体里说话，但并不是对他说，而是像一个人在自言自语地唱歌，并不需要有人听。

"我的绳子断了……我的绳子断了……"哈利姆的声音不断地重复。

有几分钟时间，阿米德相信那个系着皮带的年轻人从死神的国度回来了，就在房间里。

"我的绳子断了……这不是风的错……一声巨响震断了我的绳子……我的耳朵满是鲜血……我什么都听不见了……"

阿米德从床上站起来，看看四周。在漆黑的房间里，他没看见任何人。他知道，在这个房间里，只有弟弟睡在他身边。

"我渐渐地靠近了太阳……我爬啊，爬

啊……并不是因为风……而是响声的错……我什么都听不见了，再也看不见大地了……一团团白云吞没了我……没有人能再看到我……"

阿米德用双手捂住耳朵，但那声音变得更响了。

"一声巨响弄断了我的绳子……我着火了……一个人在那广阔的天空……我再也不能回来了……我在燃烧……一个人在无风的地方……"

阿米德下了床，走到窗前。天亮了，他远远看见初升的太阳照在柑橘树的树梢。他久久地望着，天空慢慢地变蓝，声音渐渐地平息下来。当它完全消失的时候，他回到床上继续睡。他听到自己的心在怦怦直跳，他紧紧地抱着阿齐兹，身体紧贴着弟弟的身体，好像想消失在弟弟身上。

是他在做梦，还是母亲真的说过弟弟的骨头

正在融化？是他在做梦，还是母亲真的说过弟弟最好在山的那边炸碎自己的骨头？他突然觉得自己拥抱的身躯是如此脆弱……不，他不会让阿齐兹代替他去引爆炸药的。

阿齐兹醒来了，猛地把他推开：

"阿米德，你在干什么？"

"没什么。起床吧，已经不早了。"

*

父母悲惨地被炸死，这并没有影响祖哈尔的日常工作。相反，他更加卖力地干活。在他看来，柑橘园还有其他价值。它现在是一个圣地，父母的遗骸就安葬在那里。他检查每棵树，除掉病枝，给树浇水，好像是在完成神圣的使命。土地散发出来的香味让他在精神上感到安慰，相信未来还有盼头。在柑橘树当中，他感到自己很安全，好像任何炸弹都无法穿透枝叶组成的盾牌。他心里知道，柑橘园是他唯一的朋友。

然而，那天，祖哈尔却靠在一棵树上流泪。他在想他的父亲穆尼尔。如果父亲在，父亲会怎么做？会选阿米德还是阿齐兹？他在等待亡父的暗示。父亲好像就坐在他刚刚修剪过的那棵柑橘树的叶子下面。每天上午，祖哈尔都在想该怎么对阿米德说。

"总之，"他最后这样想，"心里明明知道死神看不见的手已抓住一个儿子，还让另一个儿子去送死，这太荒唐了。但不这样又能怎么办呢？"

他擦干眼泪，离开了柑橘园。走到家附近，他看见两个儿子在花园里玩。他们刚刚离开母亲和厨房里的临时课堂。他迟疑地走到他们身边，阿米德和阿齐兹已经感觉到他的到来，上前迎接他：这个时候，父亲不在柑橘园里干活，他们有点惊讶。祖哈尔默默地看着两个儿子，好像是第一次见，或者是最后一次见。他不知道是什么感情让他哽咽起来。他抓住阿米德的手，拉着他走，扔下心慌不安的阿齐兹。

"你要把我带到哪里去？"

其实，他知道父亲想干什么。祖哈尔仍然没有说话，但把儿子的手攥得更紧了。他们一直走到工具房，父亲交给他一把钥匙，让他打开一把大铁锁。阿米德照办了。祖哈尔推开一扇沉重的木门。当他们走进工具房的时候，两只鸟从他们头顶一扇开着的老虎窗里飞出来。一时间，阿米德吓坏了。

门在他们后面重新关上。一缕阳光从屋顶照下来，无数灰尘在跳舞，就像是一把有生命的长剑。屋里散发出机油和泥土的潮湿味。"我就把它放在这里。"祖哈尔嗫嚅道，走到一个角落，掀开一块旧篷布，拿着苏拉耶带来的布袋，回到儿子身边，蹲下去，让阿米德在他旁边坐下。

"必须把死者埋在土里，"他说，好像嘴里发出的每个字都是从土地深处冒出来的一样，"因为必须这样……死者才能上天堂。要把他们埋在土里，所以我才把爷爷、奶奶埋了。你看见了，我用旧铁锹挖了一个坑；你看见了，有虫去庆祝葬礼。最难的，不是把洞穴重新填上，你看见了，我把洞穴填得结结实实。最难的，是寻找残

69

骸。我看见奶奶的头被炸开了，我已认不出她善良的脸。被炸穿的墙上，被打烂的餐具上，到处都是血。我没戴手套，而是赤手收拢起爷爷的残骸。很多。我要你和你弟弟不要靠近，我也要你们的母亲不要过来。没有人必须做这种事。没有人，哪怕是罪大恶极的人，也不应该在家里的废墟中寻找父母的残骸。我挖了那个洞，它通往天上，老祖宗们这样说；我听见了苍蝇令人讨厌的音乐，老祖宗们也这样说。儿子，不应该害怕死亡。"

在阴暗的工具房里，祖哈尔的声音越说越温柔。听到父亲用这种方式跟他说话，阿米德觉得既不安又平静。

"我们每天都生活在恐惧中，害怕今天是最后一天。我们睡不好，结果，噩梦就找上门来了。每个星期，都有村庄整个儿被炸毁。我们死去的人每天都在增加，战争越打越激烈。阿米德，我们已经没有选择。炸毁你爷爷、奶奶家的炮弹来自山的那边，你知道吗？嗯？那个可恶的地方还会再来炮弹。每天早晨，当我睁开眼睛，看见柑橘园还沐浴在太阳底下，我就感谢上帝创造了奇迹。啊，阿米德，如果可能，我会代替你去，你母亲也丝毫不会犹豫，你弟弟也同样。尤其是你弟弟，他是那么爱你。苏拉耶会回来的，他将把你带到山脚下。他很快就会开着他的吉普车回来，几天后，或者几个星期后，但肯定是在收获的季节之前。带着皮带去山那边的，是你。"

祖哈尔打开了布袋，双手轻轻地颤抖起来。尽管工具房里光线暗淡，阿米德还是察觉到了。父亲那副样子，就好像会从袋子里抽出一个活的东西，灰色的或者是绿色的，危险的陌生动物。

"我还应该告诉你另一件事。你弟弟还没有痊愈。他背不动这条带子，他太虚弱了，所以我才选择了你。"

"如果阿齐兹没有病，你会选谁？"阿米德问，那种镇定，让父亲感到非常惊讶。

好一会儿，祖哈尔都不知道该怎么回答儿子。儿子已经后悔说出这个问题。阿米德清楚地知道，他弟弟不单是病了，而且再也不能康复。塔玛拉毫不怀疑他的病很重。他会死。就像自己一样，如果不让弟弟替换。

"我应该让柑橘来代替我做决定。"

"柑橘？"

"我应该这样：给你弟弟一个柑橘，然后也给你一个。谁的柑橘里面籽多就谁去。"

阿米德笑了。祖哈尔站起来，双手捧着炸药皮带，那样子显得非常庄重。阿米德这才发现，它与他们兄弟俩做出来玩的炸药皮带完全不一样。它似乎很重，很普通。阿米德靠近它，小心地摸了摸。

"你想拿一拿吗？"

"危险吗？"阿米德后退一步，问。

"不危险，还没有连导火索。你知道，这东西将让你……总之，你知道我想说什么。"

阿米德很清楚导火索是干什么用的。父亲把皮带递给他。

"苏拉耶告诉我，你应该喜欢这条皮带，应该把它当作是你身体的一部分。如果你愿意，你随时都可以系上它。你必须习惯它的重量，习惯跟它接触。但永远不要把它拿出这里，明白吗？尤其不要带你弟弟到这里来。否则，这会让事情变复杂的。"

"我答应你。"

"你不怕吗？"

"不怕，"阿米德撒谎道，"我不怕。"

"你很勇敢，我为你感到自豪。我们都为你自豪。"

长时间的沉默。在这个过程中，父亲不敢再看儿子一眼。

"拿着，我把开锁的钥匙给你。从现在起，你想什么时候来就什么时候来。"

祖哈尔向阿米德弯下腰，在他额头上吻了一下，然后就出去了。当他打开门时，强烈的阳光照进工具房，照花了阿米德的眼睛。但门一关上，工具房又重新一片漆黑。他手里拿着皮带，几乎不敢呼吸。突然，他似乎看见一张脸在空中飘荡。

"爷爷，是你吗？"

阿米德确信自己看到了爷爷穆尼尔的脸。尽管他清楚地知道爷爷已经死了，埋在柑橘园里，但幻象如此强烈，他忍不住又喊了一声：

"回答我，爷爷，是你吗？"

阿米德的眼睛慢慢地习惯了黑暗，重新看清工具房的墙壁和放在临时木架上的工具。来自天窗的阳光照得长柄镰刀、修枝大剪刀、铁锹和锯子闪闪发亮。阿米德扫视四周，幻象真的消失了。他深深地吸了一口气，把皮带扎在腰上。他的肌肉变硬了，步伐不那么坚定地走了几步。

"现在，我是一个真正的战士了。"

*

　　阿齐兹蹲在花园的矮树丛后面，看见父亲一个人从工具房里出来，回柑橘园干活去了。他对父亲的选择并不感到意外，他等着阿米德也从里面出来，但没等到。过了很久，他才决定去工具房找哥哥。他慢慢地把大门打开一条缝。

　　"阿米德，你在干吗？"

　　由于哥哥没有回答，他便一步跨进门内。

　　"我知道你在里面。回答我。"
　　"别进来。"
　　"为什么？"
　　"让我一个人待着。"

　　阿齐兹往前走了几步，在又脏又暗的工具房

里看见了哥哥的身影。

"你在干吗？"

"别过来。"

"为什么？"

"危险。"

阿齐兹站住了，听见哥哥在大口喘气。

"你到底在那里干什么？"

"我不能动。"

"你病了？"

"快离开这里。"

"为什么？"

"我扎着炸药皮带，如果我一动……"

"你骗人！"

"……一切都会被炸飞。从这里出去！"

"我去找爸爸。"阿齐兹害怕了，说。

"你信了？真笨啊，"阿米德哈哈大笑，猛地朝弟弟跑过去，跑得那么快，结果把弟弟撞倒在地，"你真傻，炸药皮带没有导火索！"

阿齐兹抓住哥哥的双腿，把他也掀翻在地。兄弟俩激烈地搏斗起来。

"我会杀了你！"
"我也会杀了你！"
"把炸药皮带给我，应该我去。"
"父亲选择的是我，应该去的是我。"
"我想试试。取下来！"
"休想！"

阿齐兹朝哥哥脸上打了一拳，阿米德从地上站起来，鲁莽地抓住靠墙放着的一把长柄镰刀。

"如果你敢靠近我，我就把你劈成几段。"

"你试试！"

"我不是开玩笑，阿齐兹。"

兄弟俩对视着，一动不动，听着对方急促的呼吸声。他们已不再是小孩。有什么东西刚刚发生了变化，好像黑暗给了他们年幼的身躯只有大人才有的那种厚重和严肃。

"我怕死，阿齐兹。"

阿米德扔下长柄镰刀。弟弟走到他身边：

"我知道。那我去。"

"你去不了。"

"要去的人是我，阿米德。"

"我们不能违背父亲的命令。"

"我来替换你。父亲不知道的。"

"他会发现的。"

　　"不会的，相信我。把带子解下。"阿齐兹
恳求道。

　　阿米德犹豫了，然后，突然解开皮带。阿齐
兹一把抓住，跑到工具房的角落。从天窗上照射
下来的阳光几乎碰不到地面。他在晃动的光线下
打量着这件杀人武器，它将炸死民族的敌人，同
时也会把他送进天堂。他被迷住了。皮带上有十
来个圆柱形的小格，里面装满了炸药。

　　阿米德走到他身边：
　　"你觉得亡灵会回来吗？"
　　"我不知道。"
　　"我想我刚才看到了爷爷。"
　　"在哪里？"
　　"在那儿。"阿米德指着前面的一个地方。
　　"你肯定吗？"
　　"我看见了他的脸，一下子就消失了。"
　　"你看见了幽灵。"

"如果你死了，你也有可能回来。"

"走吧，我们出去吧！"阿齐兹急忙说。阿
米德把炸药皮带放回布袋里，藏在旧篷布下面。
当兄弟俩从工具房里出来时，阳光照得他们眼睛
生疼。

*

　　阿米德去找母亲。塔玛拉正在厨房里准备晚餐，在一块木砧板上切菜。见儿子到来，她便在一张旧报纸上倒了一点米，让他去淘米。阿米德喜欢帮母亲做饭，尽管感到有点不好意思：这不是一个男孩该干的事。起初，当他提出要给她帮忙的时候，塔玛拉吃了一惊，拒绝了他。他不断来缠她，她最后只好同意。后来，她很享受跟儿子一起度过的这段时光，并常常创造这种机会。如果阿米德几天不来厨房转一转，她便会感到担心，心想，是不是祖哈尔跟儿子说了什么。她知道，丈夫觉得男孩这样做是不合适的。

　　阿米德埋头淘米，把小石子和沙子从米中挑出来，动作麻利而熟练。塔玛拉不敢问已经涌到嘴边的问题，等着儿子打破沉默。在他们之间，这样的沉默有点反常，因为他们在一起时，通常会说个不停，而在其他场合很少会这样。母子俩之间的这种默契，有时会引起阵阵大笑。阿米德常利用这种机会谈起他怀念的达丽尔姨妈。每次收到姨妈寄来的信，对他来说都是喜庆的节日。起初，是母亲念给他听，但自从识字之后，他就会一连几小时地反复读信。姨妈在信中详细讲述了自己的新生活，给他描述地铁，那是在城市的大街小巷和高楼大厦底下穿行的火车！她还跟他说起雪，仅仅几个小时，大雪就覆盖了屋顶，让宁静从天而降。她有很多东西让他感到惊讶，还在信封里塞了几张照片，让他好奇不已。但她很谨慎，从来不寄她丈夫的照片。阿米德最喜欢照片上的那些景色：城市灯火通明的夜景，横跨大江的桥梁，钢结构大桥飞越河流，尾灯闪烁的车流……有一次，姨妈甚至对他说，每次吃到柑橘，她都会想起老家的柑橘园。她太想回到柑橘园来看看了，想和她的小阿米德在树丛中散步，一起呼吸它们的白色花朵在夏天散发出来的香味！

"成了。"阿米德突然对母亲说。

塔玛拉还以为他说米淘好了。她看了看儿子，突然明白，他说的是跟弟弟交换的事。她松了一口气。

"你问过他了？"
"是的，今天在……"
"你没有告诉他他病了？"
"没有！"
"千万不要告诉他。"
"不会的，我照你说的办。"
"你告诉他你害怕，是吗？"
"是的，我对他说，我怕死。"

"我可怜的阿米德！原谅我！原谅我！我知道你像你弟弟一样，是个勇敢的孩子。我要你做的事情太可怕了，太可怕了……"

"别哭，妈妈。"

"如果生孩子是为了让他们去牺牲，就像被送进屠宰场的可怜的牲畜，那还不如不生！"
"别再哭了。"

"好，我不哭了。你看，我不哭了。我是在为阿齐兹哭，唉，不应该忘记他。现在，别淘米了。"

塔玛拉擦干眼泪，点火，用一口大锅烧水。

"阿米德，你必须小心一件事。"
"什么事，妈妈？"
"你弟弟自从生病后就瘦了。"
"没有吧？"

"瘦了！难道你没有注意到？他的脸颊没你

那么圆，胃口也没你好。注意你弟弟的饭碗，要吃得比你弟弟少。要你这样做，我感到很伤心，很伤心，但你要向我保证，保证这样做，阿米德！"

"好的，我会这样做的。"

"不能让你父亲发现这种调换。如果让他知道，那就完蛋了。我甚至连想都不敢想。"

"别担心。几天后，我就会跟阿齐兹一样瘦，到时候，谁都分辨不出我们俩谁是谁了。"

"可是我能。"

"那当然，除了你。"

"如果你讨厌我，我会理解的。"

"好了，我淘完米了。"

"谢谢，阿米德。"

"我永远不会讨厌你。"

*

"我会用刀割伤自己。"

"为什么？"

"我们到了最后一刻才调换。"

"你说什么，阿齐兹？"

"当你要跟苏拉耶出发的时候，我会假装被刀割伤，当然不是真的。你呢，你倒应该真的割伤自己。"

"我不明白你在说什么。"

"你只需割破一点皮肤。你用左手来割，千万不要弄错，阿米德。你要用左手来弄伤自己。"

"好的，可我还是不明白为什么。"

"我会弄些羊血。"

"羊血？"阿米德重复道，他越来越不明白。

"为了让他们相信我割伤了自己。我会把羊血涂在手里，然后用布把手包扎起来。我们调换之后，我会去洗手。谁都不会看见我手上的伤口。相反，大家都会看到你的伤口。"

"因为我真的割伤了自己。"阿米德说，他开始明白弟弟要干什么了。

"没错。所以，谁都不可能怀疑。你将是伤了手的阿齐兹，我将是准备跟苏拉耶走的阿米德。"

"伤了手的阿齐兹。"阿米德叹着气重复道。

兄弟俩躺在屋顶。第一批星星刚刚出现，它们一一刺穿天空，然后数十颗星星一同在天上闪烁。阿米德和阿齐兹常常爬到屋顶乘凉。他们在一个大水池旁边脸朝天躺下来，遥望着无尽的黑夜。

"别伤心，阿米德，我很快就会到那上面去的。答应我，每天晚上到这里来给我讲讲你白天是怎么过的。"

"有那么多星星，我怎么才知道哪颗是你呢？"

"走吧，我们去睡觉。我有点冷。"

阿米德摸摸弟弟的额头，发现很烫。

"你病了？"

"有点累吧。走。也许苏拉耶明天会来。我们去睡吧！"

接下来的几天，阿齐兹就像一个小将军，不断地对哥哥下命令。阿米德听从他的指挥，那个马上就要献出生命的人显得不同凡响。

阿齐兹不断地对他说，不要担心，一切都会顺利的。事情很简单，他们只要学会以同样的方式做事就行了。尽管他们是双胞胎，外貌相似，但父母很少会弄错。只有奶奶沙楠生前老是把他们搞错，以至于他们怀疑她是故意的，想拿他们寻开心。所以，他们不单应该外表相像，而且举手投足也要相似。

"你看，你就像只呆鸟。"

"才不会呢！"阿米德反驳道。

"是的，你太紧张了。你不是在正常走路，而是在小跳。"

"你呢，你走起路来像一条睡着的鱼。"

"笨蛋！鱼是不会走路的。"

"不，会走，它们像你一样走路。"

"听着，我不再拖着脚步走路。你呢，则要每一步都落地有力。这样，我们最后走起路来就会一模一样了。试试！"

阿齐兹继续给哥哥上课，以改掉两人之间所有不一样的地方。他告诉阿米德哪些动作应该避免，哪些说话的语气可能会让他们的调换穿帮。最后，这变成了普通的游戏，只是，这种游戏没有赢者。奇怪的是，阿齐兹以前丝毫没有注意到他们有明显的区别。如果兄弟俩站在一起，仔细观察，肯定能看出区别来：他比哥哥瘦。好像他没有意识到，自己病了以后体重减轻了。

阿米德根据母亲的建议，想方设法不吃完饭，甚至趁弟弟不注意，把自己碟子里的食物拨给他。塔玛拉有时也帮助阿米德，少给他食物，而给阿齐兹双份。但有一天，她不得不停止这样做，因为阿齐兹告诉她，这样做对哥哥不公平。塔玛拉担心阿齐兹因此发现她跟阿米德达成的默契，每天都骂自己很多遍。她觉得既耻辱又有罪恶感，好像她跟其中的一个儿子密谋，想用小剂量的毒药毒死另一个儿子，而她其实两个都很爱。但她坚决不让这场无尽的战争夺走她的两个儿子。由于阿米德瘦得不够快，塔玛拉建议他每天吃完晚饭后去吐掉。她从丈夫那儿得知，苏拉耶会在收获的季节之前回来，而收获的季节很快就要到了。阿米德把手指塞进喉咙，流着泪把吃下去的东西吐了出来。

*

　　他们看见父母出发去村里了。父亲借了邻居的卡车去买农药。塔玛拉坚持要陪他去，她喜欢去村里，暂时放下单调的家务活，在买东西的路上随便遇到几个妇女。她会给儿子带回几块蛋糕，当然是打折的，因为蛋糕很贵，而且不容易买到。她也会买几本画着连环画的杂志。

　　卡车一消失在道路的尽头，阿齐兹就抓住哥哥的胳膊，把他拖到工具房。

　　"走，别浪费时间了。你有钥匙吗？"
　　"我一直带在身上。"

　　阿齐兹急着想再看看那条炸药皮带。阿米德开了锁，又朝路上扫了一眼，确定父亲不会掉头回来。门开了，阿齐兹冲到工具房里头，从罩布下抽出布袋。

"咱们去柑橘园!"

"太危险了。"

"没关系,他们一小时之内不会回来的。走,阿米德,快!"

阿米德跟着弟弟,有点迟疑。他们坐在一棵大柑橘树的浓荫底下,柑橘的香气让空气都变得有点甜了,蜜蜂在高高的枝头嗡嗡叫着。阿齐兹气喘吁吁,把炸药皮带从布袋里面拿出来。

"很重啊。"

"爸爸对我说,要习惯它的重量。"

"把钥匙给我,我想随身带着,有空就到工具房来试试炸药皮带。我必须在走之前准备好。"

阿米德违心地把钥匙给了弟弟。阿齐兹站起

来，试了试炸药皮带，踉踉跄跄地走了几步。

"你得把它藏在衬衣里面。"

"我知道，我不是疯子。"

"那好，试一下。"

"什么时候试，由我自己决定。"

"好啦，好啦，别生气。"

"我没有生气。"

"那你为什么喊，阿齐兹？"

阿齐兹在柑橘树丛中歪歪扭扭地走远了。他停了几次，躲在树桩后，监视着敌人，然后又跑向另一个树桩。最后，他使劲爬上一块大岩石，结束了这个游戏。

以前，他们的爷爷穆尼尔曾多次尝试，想把大岩石搬掉，但每次都失败了，最后只好让它待在果林的中央。"说不定，"他想，"这块岩石是从天上掉下来的。"祖哈尔信誓旦旦，一定要用大锤子把它砸烂，但最后也放弃了。

　　突然，阿齐兹大叫一声，吓了阿米德一跳。阿齐兹引爆了，想让柑橘园一劳永逸地摆脱这块孤独而顽固的大石头。他举起双手，想象着碎石像阵雨一样砸向他的脑袋，却一时忘了，如果根据逻辑，他的身体也应该在地动山摇中成了从天而降的碎石的一部分。

　　"我成功了。"

　　"什么？"

　　"你没看见？我炸了它。"

　　"炸了什么？"

　　"那块岩石。"

　　"没有这回事。"

　　"笨蛋，你不会想象一下啊！"

　　"我今天不想想象。"

　　"你怎么了，阿米德？"

　　"你有时会想起咱们的姨妈达丽尔吗？"

　　"为什么突然跟我提起她？"

"你从来不回她的信。"

"我不愿提起她。你知道为什么。"

"是因为她丈夫？"

"她丈夫属于从山那边向我们扔炸弹的人。"

"他也许不一样。"

"一样。父亲说，他们全都是狗，你听过他说的。你也听过苏拉耶这么说。"

"你不觉得现在应该回工具房了吗？"

兄弟俩刚关上工具房沉重的大门，便听到了汽车的马达声。

"爸爸回来了。"阿米德小声地说。

"不是，这不是邻居的卡车发出的声音。"

不一会儿，车门砰的一声关上了，他们听见有人走近。

"快，阿齐兹，我们藏到角落里去。"

他们刚刚钻到工具旁边的篷布下面，门就吱嘎地响了一声，轻轻地被推开了一半。一个男人进来，走了几步，然后停了下来。两个孩子屏住呼吸。

"我知道你们在那里。我在路上就看见你们了。为什么要躲起来？啊，我想我找到了！"

那个男人向奇怪地鼓了起来的篷布弯下腰来。

"这里真的有两只大老鼠。好在我面前躺着一把漂亮的铁锹，它正烦得要死呢！我只须抓起它，打死这两只自以为别人看不见它们的坏老鼠。"苏拉耶开玩笑道，"快，从里面出来！我得跟你们谈谈。去把你们的父亲找来。"

"他不在这里。"阿齐兹从篷布里探出脑袋，说。

"他和我母亲去村里了。"阿米德也连忙补充道。

两个孩子从躲藏的地方爬了出来。苏拉耶在黑暗中看到他们的眼睛里闪烁着不安的光芒。

"你父亲选择的是你吧？"

阿齐兹紧张地用双臂遮住匆忙之中来不及从身上解下来的炸药皮带。

"你扎的皮带可不是玩具。"
"我知道。"
"你是阿米德还是阿齐兹？"
"我是……我是阿米德。"阿齐兹撒谎说。

"阿米德。好啦，阿米德，上帝为你祝福。"

苏拉耶从上衣口袋里掏出一沓用绳子细心扎好的钞票。

"拿着，把它给你父亲。这是礼物，是对你们爷爷、奶奶不幸遭难的一种补偿。你们的父亲需要它，你们的母亲也会高兴有了它。你知道，阿米德，即将发生的是一件既悲伤又让人高兴的事情。你明白吗？不过，你就高兴吧！你将作为一个英雄而牺牲，你会大大受到祝福。"

阿齐兹一言不发地接过钱。他从来没有见过这么多钱。

"准备一下，阿米德。我两天后回来。"

苏拉耶在沉寂中离开了他们。他猛地拉开工具房的门，消失在一股阳光中，灰尘在阳光里急速打转。阿米德和阿齐兹听着外面的动静，等吉普车完全远去之后才缓过神来。阿齐兹取下炸药皮带，放回隐藏它的地方。

"拿着，阿米德，把钱拿去。应该由你来交给父亲。"

"你说得对。我们现在出去吧。"

阿齐兹把门锁上，把钥匙交给哥哥。

"你不想留着？"

"你没听见苏拉耶怎么说？我两天后就要走了，没有机会再回工具房了。"

说着，阿齐兹紧紧地盯着哥哥，哥哥转过身去，毫无理由地跑了起来，消失在柑橘园中。

*

　　家里笼罩着夹杂着泪水的忧伤气氛。尽管打开的窗户吹来微风，空气却越来越沉重。房屋制造沉默，就像柑橘树制造光线一样。墙壁、地板、家具好像都知道苏拉耶第二天要回来。

　　阿齐兹一整天都在哥哥耳边轻声嘀咕，说自己很高兴，一切都会很顺利。

　　"别担心。我们能调换过来的，谁都发现不了。"

　　阿米德想拥抱弟弟，让他消失在自己的怀里，免得让人家把他带走。他会像哈利姆一样死去的，再也不会回到人间。阿齐兹曾答应在天堂门口等他，弟弟会等的，哪怕阿米德要像布迪尔舅公那样活到97岁。那时，他们就可以重新在一起了。

晚上，祖哈尔把大家都集中到家里的大房间里，并邀请了几个邻居和在柑橘园里帮他干活的两个雇工。他激动而自豪地告诉大家，他的儿子阿米德很快就将牺牲。大家都接受了这一邀请，把它当作一种荣耀。

塔玛拉做了节日才有的盛宴，在天花板上挂了彩灯，五颜六色的灯光把房间照得十分耀眼。她现在后悔这么做了，觉得这种欢乐的灯光是一种渎圣，一种可怜的谎言。她首先给坐在父亲旁边的阿米德上菜。阿米德感到很羞耻，不敢看弟弟一眼，弟弟才配得上这种荣誉。开吃之前，祖哈尔感谢上帝给了他一个这么勇敢的儿子。说着，他再也抑制不住自己的泪水。阿米德站了起来，好像想说话，想坦白一切。塔玛拉立即猜到了，向他走过去，紧紧地搂住他，对他耳语，要他什么都别说："为了你弟弟，你必须这样做，求你了。"阿米德看了弟弟一眼，弟弟好像已经成为另外一个人。

晚餐结束了，碗碟收好后，客人们纷纷过来问候阿米德，流着眼泪摸摸他，拥抱他。然后，大家都默默地走了，低着头，好像再也没有什么可说可做了。

塔玛拉熄灭了那串小花灯，黄色的烛光又回到了大房间，房间里突然像缺了氧一样。

兄弟俩上楼回到自己的房间，比往常稍早。阿齐兹久久地站在窗前，凝视着天上的星星。

*

当吉普车的响声把白天撕成两半的时候，应该是正午了。祖哈尔没有到柑橘园干活，并且给他的两个雇工放了假。他和塔玛拉及两个儿子眼盯着远方，没办法做其他事情。四个人都坐在家中的门槛上，默默地等待。当吉普车在一阵尘雾中刹住，他们都不约而同地站起来，但没有朝走出吉普车的苏拉耶迈出一步。

苏拉耶慢慢地向他们走来。他不是一个人来的，还有一个既不年轻也不老的男人拖着脚步跟在他后面。此人斜挎着一个破皮包。苏拉耶没有告诉大家他叫什么名字，只说那是个"专家"。专家两眼无神，身上散发出一股汗臭味。祖哈尔要塔玛拉和阿齐兹到屋里等他，他们不情愿地服从了。专家笑着走到阿米德身边。

"你好！"

"你好！"

"你个子不是很高。多大了？"

"9岁。"

那两个男人、阿米德和祖哈尔一起向工具房
走去。阿米德把钥匙交给父亲。祖哈尔开了锁，
然后用一块木板卡住门，让门保持大开。日光钻
出一条光芒的隧道，在工具房深处画出一个金色
的三角形。苏拉耶要祖哈尔把皮带交还给专家。
专家迅速地检查了一下，感到很满意，然后，他
从袋子里掏出一个小塑料盒，拿给阿米德，并问
是否知道是什么东西。

"我不知道。"阿米德胆怯地说。

"这是导火索，你明白吗？"专家盯着阿米
德的眼睛，放心了。

"我想我明白。"

"到时候，你按这里就可以了。"

"好的。"

"你真的明白了？"

"明白了。"

"愿上帝祝福你！"

专家用一条黄线把小盒子绑在皮带上。

"还有第二条线。看清楚了，是红色的。看见了吗？"

"是的，我看见了。"

"那条线，我们以后再绑。"

"别担心，阿米德，这事由我来办，"站在他后面的苏拉耶补充说，"我会在你上山之前把它绑上。"

苏拉耶对祖哈尔说了几句话，阿米德没听懂。苏拉耶走出工具房，一分钟后又回来了，手里拿着一架照相机。他刚才一定是把它忘在了吉普车里。

"脱掉衬衣！"专家命令阿米德，说话的语气那么坚决，让阿米德感到很惊讶，他服从了。

专家把皮带递给他。

"拿着，系上。"

"为什么？"阿米德紧张地问。

"拍照。"苏拉耶解释道，"站在墙边，站直。朝亮的地方转过来一点。对了。别低头。"

阿米德觉得眼花，有点发愣，身上颤抖起来。

"你怎么了？"苏拉耶大叫起来，"看着我

们！想想敌人！想想他们是怎么对待你爷爷、奶奶的！"

阿米德什么也想不了。他想呕吐。

"抬起头来，睁开眼睛！看着你父亲。别给他丢脸！"

苏拉耶拍了一张照片，然后又是一张。
"想想天堂。"
阿米德忍住眼泪，努力想挤出一丝微笑。
"开心点，你会得到祝福的，你被上帝选中了。"

苏拉耶拍了最后一张照片。

"把衬衣穿上吧。以后你父母看你系着皮带的照片时，会为你感到骄傲的。"

祖哈尔抓住儿子的手："走，该向你母亲和弟弟告别了。"

他们走出了工具房。塔玛拉和阿齐兹坐在家中的门槛上等他们。阿齐兹的手上包着一块沾着血的手帕，他急忙向父亲解释说，他刚才切柑橘伤了手。

"向你哥哥告别吧。"祖哈尔对他说。
"等等。"

阿齐兹转身跑进家中，拿来一个小盘子，上面放着一个大杯子。

"看看你弟弟给你准备了什么。"塔玛拉的声音有些发虚。

"拿着，喝吧。这样，你上路时，嘴里就会带着我们最好的土产的味道。"阿齐兹补充道。

阿齐兹走到哥哥身边，故意让杯子倒在他身上。这个小小的事故是这对双胞胎几天前设计好的。不过，由于阿米德瞒着弟弟，把一切都告诉了母亲，塔玛拉知道是怎么回事。她照说好的那样，扇了阿齐兹一个耳光，骂他太笨。专家笑了，苏拉耶制止了他，然后小心地掀起阿米德弄脏的衬衣，想检查一下炸药皮带是否被柑橘汁碰到了。专家告诉他，毫无问题："水、果汁或血，没有一点关系，还有一个接触开关与导火索连在一起。"

"我懂，"苏拉耶生气地说，"用不着提醒我。"

"去换换衣服。"塔玛拉对阿米德说。

"我跟他一起去。"阿齐兹马上接着说。

兄弟俩很快上楼回到房间，脱掉衣服。

阿齐兹帮助哥哥解开炸药皮带。

"那个接触开关是怎么回事？"

哥哥取下了炸药皮带。

"是连接导火索用的。看，就是这个小盒子。专家把它连接在皮带的这个地方。你看，用黄线连接的。"

"那红线呢？"
"苏拉耶曾在工具房里说由他来负责。"
"什么时候？"
"你上山的时候。"
"还有什么我必须知道的事情吗？"
"没有了。"

"阿齐兹……"

"什么?"

"不要再穿弄脏的衬衣!"

衣服换过来后,阿齐兹交给哥哥一把小刀,那是爷爷穆尼尔的,是他从房屋的废墟中找到的。

"割一下你的左手,别弄错了。"

阿米德在拇指下方割了一个口。

"给,阿米德,这是给你的。"

"这是什么?"

"你看得很清楚,这是一封信。我死了以后你再看,好吗?"

"我答应你。"

"不,要向我发誓。"

阿米德让伤口的血滴了一滴在信封上:

"我向你发誓。"

他用手指在信封上抹开红色的血迹，好像在给弟弟的信盖邮戳，同时也表示对他们的调换不再反悔。

阿齐兹把沾着羊血的手帕交给阿米德，阿米德把它缠在受伤的手上。兄弟俩心怦怦直跳，下了楼。从此，阿齐兹便成了阿米德，阿米德成了阿齐兹。

阿齐兹

"阿齐兹，怎么了？"

迈克尔问了三遍，这个学生才抬起头来，挤出一丝强笑：

"没什么，老师。"

"不可能。"

迈克尔选阿齐兹来扮演索尼，那是一个7岁左右的孩子。这一选择并不难。

阿齐兹仍像小时候那样，见到谁都一副惊讶的样子。他的声音里带有一种对一个20岁的小伙子来说少见的温柔。迈克尔常常迫使他把话说出来，而不是藏在心里。他看起来就像一只受惊的动物，弱弱的，一有风吹草动就打算跑。这跟他要扮演的角色很吻合。

迈克尔为学生的毕业演出专门写了这个剧本，可以说，这是四年学习的汇报演出。几个月后，这些年轻的专业演员将自己去寻找观众，开始他们的职业生涯。过一段时间，他也许会在啤酒广告或洗发水广告中认出其中一些学生，还有一些可能会在电视连续剧中扮演小角色，大多数学生还是会在饭馆里当服务员。最幸运和最有才能的，也许有一天会被当红的导演看中，毫不犹豫地让他们扮演重要角色——爱情剧男主角或漂亮的天真少女。

在迈克尔的这个戏中，索尼落到了敌军手中。这孩子眼睁睁看着父母被野蛮地杀害：敌人砍掉了父亲的双手，然后把他一枪打死，之后又强奸了母亲，把她折磨死之后，扔到她被砍掉双手的丈夫的尸体上面。那个士兵对自己的罪行感到厌恶，犹豫着要不要干掉这个索尼。在整个过程中，索尼都让他想起自己的儿子。戏的最后，士兵要这孩子提供不杀他的理由，否则他也将遭到跟父母同样的下场。索尼一直不开口。在其他几幕中，两个阵营的士兵互换着出场，让这出戏深刻地揭露了战争的荒谬。

迈克尔把全班分成三个小组：父亲、母亲和孩子；敌军士兵；众敌军。排练应该说还是很顺利的，学生们演得很认真、很专心。不可能把各种微妙的感情都演出来，这在表演创作的程序上来说还太早。重要的是学会进入角色，懂得使用目光，控制好动作，不慌不忙、有节奏地念出台词。迈克尔有些担心强奸的场景，但学生们演得还可以，没有过于紧张。但当敌方士兵杀死索尼的父母，向索尼走去时，全班学生的心都被揪住了。除了瞎子，谁都看得出来，那种感情来自阿齐兹，而不是来自索尼。

"阿齐兹，怎么了？"

"没什么，老师。"

117

　　"我看未必。"

　　"我演不了这个角色。"

　　"为什么？"

　　阿齐兹没有再说一个字，离开了教室。

*

第二天，阿齐兹没有来上表演课，迈克尔觉得很困惑。两天后，他打电话给阿齐兹，约他到学校附近的一家咖啡馆见面。他提早到了，焦急地等待着学生的到来。在电话里，阿齐兹好像有点犹豫不决。显然，有什么事情让这孩子感到不安。约会的时间过了半个多小时，他才看见那个年轻人的身影出现在咖啡馆的大玻璃窗前。阿齐兹大半个脸被一条红色的大围巾遮住，戴着一顶过大的帽子，在咖啡馆门口踱来踱去。迈克尔出去跟他打招呼：

"为什么不进来？"
"我不知道。"
"想走走吗？"
"好吧。"

他们默默地走了很长时间。迈克尔感到很不自在，他猜阿齐兹比他更尴尬。

外面下着小雪，冬天的初雪。迈克尔看着轻轻的雪花在四周飞舞，拉丁区可以说很平静，大部分人还在办公室、店铺或饭店忙着营生。迈克尔最喜欢一天当中的这一空隙，城市在暂息，还没有被急于回家的人群所侵占。

"那孩子为什么必须死？"

阿齐兹的问题让迈克尔大吃一惊，好一会儿，他都没反应过来对方在说什么。

"孩子？"

"是的，你戏中的孩子。"

"因为……因为那是在战争期间，阿齐兹。"

"您是想表现战争的残酷？"

"是的，我认为这是我这出戏的目的之一。"

"对不起，先生，我不想对您不礼貌，但我不同意您的说法。"

"不同意什么？"

"那是不够的。"

"什么不够？阿齐兹，告诉我。"

"仅仅展现它，展现那些残酷的事情是不够的。"

"你不愿意那孩子在我的戏中死去，是吗？可面对那个外国雇佣兵，他能怎么办？"

"这不公平。"

"我知道。但战争就是这样的。"

"您不知道自己在讲什么。"

阿齐兹平时讲话是那么谨慎，现在的语气却如此斩钉截铁，这让他们重新陷入了沉默。学生开始越走越快，老师都有点跟不上了。他们在一个街角停下来等绿灯，迈克尔气喘吁吁。尽管下雪，他仍然建议到马路对面的小公园去坐坐。阿齐兹什么都没说，迈克尔猜他同意了。他们拂去一张长凳上新积的雪，两人紧挨着坐下，双手放在胸前。他们呼出的气变成了薄薄的白雾，很快就消失在空气中。

迈克尔不敢再讨论，他感到自己受到了攻击。作为一个艺术家，他为什么没有权利谈论战争？

他转过身问阿齐兹冷不冷，却看见一滴眼泪在年轻人的脸上慢慢地滑下，然后停住了，被冻住。

"请给我换个角色。"
"可这是为什么，阿齐兹？告诉我。"
"这不公平，我已经对您说过。"

"显然，这不公平。大家的感觉都跟你一

样，但这正是我所需要的。我清楚地看到你很激动。告诉我，阿齐兹，上次排练发生了什么事情？"

　　"我不叫阿齐兹。"
　　"这是什么意思？"
　　"我以前叫阿米德。"
　　"在什么以前？"

*

日光西斜，几盏霓虹灯羞答答地亮了起来。离开小公园之后，阿齐兹就把自己的童年故事一股脑儿告诉了迈克尔，他一边说一边迈着大步。两人在城里走了很长时间，不知道要走到哪里。雪一直在下，给阿齐兹的故事裹上了一层保护层，让它远离空间和时间，让它像一个脆弱的梦，眼看就要消失。

"你们调换了之后，事情怎么样了？"

"我向我弟弟发过誓，等他死了以后才看他的信。我说到做到，我等了。我和父母等到弟弟死亡的消息，伤心得说不出话来，好像我们在等待下雨或是早晨。两天后，我们不得不迎接苏拉耶回来，就像是一件喜事。他从吉普车里下来，抱着一个用报纸包着的大包裹。我们都知道那是什么。我们坐在家中的大房间里。母亲泡了茶，但谁也没有动，除了苏拉耶。我们等着他说话，等着他痛心地告诉我们山那边发生的事情。'你们家给我们的民族贡献了一位英雄。'苏拉耶庄严地说，'上帝为你们祝福！阿米德现在到了天堂，他从来没有这样幸福过。他会永远这么幸福下去。高兴一点！是的，我知道你们失去一个儿子，非常痛苦，但你们要高兴，抬起头来，要自豪。你呢，'苏拉耶转身对我说，'别再哭了，你的哥哥和你在一起，你没有感觉到吗？他从来没有离你这么近过，没有，从来没有这么近过。面对大山，在离开我的时候，他还对我说，他爱你，爱你的父母。高兴一些吧，祝福你们。'苏拉耶停了一会儿，喝了一口茶。我们不敢问他。母亲建议再给他续点茶，他装作没听见，又低声地说：'那些人不会提起阿米德的任务的，这我可以向你保证。他们对自己的失败感到耻辱，阿米德成功地建立了功勋。是的，我对你们说，他杰出地完成了交给他的任务，相当出色。上帝指引着他，把他带到山里，在黑夜中给他照亮了道路，让他一直钻进放满弹药的兵营。他把一切都炸了。'说着，苏拉耶的脸上绽放出灿烂的笑容，洁白无瑕的牙齿在乌黑的胡子丛中发亮，身体突然充满了新的能量。当他站起来，想把他带来的包裹从报纸中拿出来时，他显得更高大、更强壮了。苏拉耶把礼物献给了我父亲：他死去的儿子、他牺牲的儿子的照片，镶嵌在相框里。那是苏拉耶在工具房里拍的，他自豪地拿在手里，像一个战利品似的。母亲哀求地扫了我一眼。当我在照片上认出自己时，我冲出了房间。不久，我就听到苏拉耶发动了车子。我趴在房间的窗前，看着他远去，希望再也不要听到回响在柑橘园上空的汽车声。"

阿齐兹解开大衣，把手伸进里面，掏出一个折起来的信封。

"这就是我弟弟的信。"

信封已经发黄、发皱。迈克尔打开信时，看见了变成站在他旁边的这个阿齐兹之前的阿米德的褐色血印。他激动起来，心里非常难受。他觉得自己也进入了这对兄弟的故事，双手捧着这个信封，与它建立起联系。他们的一部分过去在继续，在另一个星球上变成了物质。他把信打开，这封短短的信似乎是用阿拉伯语写的。

"你能翻译给我听吗？"

阿齐兹一边念一边翻译。过了一会儿，迈克尔发现他已不再是念，他早已熟记在心。迈克尔猜想，这封信，阿齐兹一定背了几千遍，就像是背祈祷词。

阿米德：

我在大城市住院时，认识了一个跟我同龄的女孩。她就睡在我旁边的病床上，我很喜欢她。她叫尼兰。我睡觉时，她听到了谈话。医生对父亲说，我永远也好不了了，我身上有什么东西腐烂了。在这个世界上，没有人能阻止这个东西在我身上腐烂。尼兰出院前把什么都告诉了我，我觉得她很勇敢。她也知道自己遇到了什么麻烦，因为她也病得很重。她对我说，我应该知道自己的病。我想让你也知道，但要在我上山之后。因为，如果你现在就知道，你是不会让我代替你的，不会同意我们调换的，我对你太了解了。但由于你，我将壮烈地死去。我不会感到痛苦的，当你读到这封信的时候，我已经在天堂了。你看，我也不像你想象的那么勇敢。

阿齐兹

迈克尔被震撼了。写这封诀别信的孩子才9岁，写给一个同龄的孩子。迈克尔在想，战争在多大程度上消除了成人和孩子之间的界限啊！他把信还给阿齐兹，一句话都说不出来。

两人继续在街上漫无目的地走着。他们经过

了中国城，那里已被大雪改变了模样。商铺在白雪上面投掷了红色的亮光。"我弟弟并不懂我，他弄错了。哪怕母亲不要求我调换，我也会换的。我是个懦夫。"

阿齐兹加快步伐，好像想逃避什么东西。迈克尔吃了一惊，不知道该怎么回答这句实话。他看了阿齐兹好一会儿。阿齐兹消失在越下越大的雪中。迈克尔觉得好像见过这种情景：看着某人带着秘密渐渐远去。

"阿齐兹，等等！你没有什么可自责的。你刚才跟我说的关于你童年的事……你可能受过的苦……这么多年了，战争还在那里肆虐，你母亲不愿两个孩子都失去……"

"你不明白。我害怕那条皮带，我害怕苏拉耶，所以才撒谎，所以才假充好汉。我不想死！你明白吗，老师？"

*

　　阿米德一直在走，走了很长时间，不知不觉，来到了柑橘园的那块孤石跟前。他身轻如燕，一跃而上，跳上了石头。四周，果树的枝头沉甸甸的，在风中摇曳，柑橘色泽光亮。阿米德闭上眼睛，随手摘了两个，兴奋地把它们放在岩石上，左右各一个，先是用爷爷穆尼尔的刀子切开右边那个，切开的两瓣都没有籽。他又切开另一个，果中溅出了血。他数了数，发现了9颗小牙齿。他把它们捧在手心，但它们却像蜡一样开始熔化，烫到他的手。这时，他从梦中醒来了。

　　阿米德不是整天睡在对他来说已经变得太大的床上，就是趴在窗前看着外面。他对自己说，这样盯着远方，最后弟弟就会出现，从山那边回来，哪怕已经粉身碎骨。母亲在外面敲门叫他，他都没有回答。她走进他的房间，伤心欲绝地看着他。

　　"吃点东西吧！"塔玛拉哀求道。
　　"我不饿。"

　　"你这样会生病的。就算为你弟弟，你也应该吃点。你觉得他看到你这样整天躺在床上会高兴吗？怎么，不理妈妈？阿米德，跟我说话。你懂得我此刻的心情吗？如果要谴责什么人，那就是我。如果有什么人最痛苦，那也是我。你听懂了吗，阿米德？所有的痛苦让我来承担，我能应付得了。你呢，只要好好活着。求你了，吃点东西，忘记它，忘记它吧……"

　　阿米德仍然一言不发。塔玛拉把房门关上，心都碎了。

　　他用爷爷的刀在手上割开的伤口并不深，不会留下伤疤。但他不断地用指甲把它挖开，让它流血。有些声音，越来越多，不依不饶地追着他，指责他。那些话在他脑海中回响，就像铁锹在铲一块石头。它们在讽刺他，嘲笑他，莫名其妙。如果他不紧紧地抱着弟弟的枕头，他就无法睡着。晚上，他老是觉得自己正拥抱着阿齐兹被找回来的尸体。那种感觉真实得让他流下幸福的热泪。

"阿齐兹扎着炸药皮带并没有去敌人的兵营。没有，那个故事，完全是我想象出来的，也许是个梦。"阿米德睡觉时，总这样不断地念念有词，就像是在祈祷。

他那么用力地抱着枕头，以至于在睡梦中，血好像是从那里面流了出来。他惊醒过来，感到很恶心，把枕头扔到地上。当他从床上坐起来的时候，他发现窗前蹲着一个黑影。

"谁？"

阿米德听到了一个人的呼吸声。

"你认不出我来了？"

"穆尼尔爷爷！"

"别靠近我，我不想让你看见我。"

"为什么？"

"我看起来很可怕。你就待在床上吧！"

"那天，我在工具房里看到的真的是你吗？"

"那是我的影子。"

"你不在天堂？"

"还没上去。我在找你奶奶。"

"她没跟你在一起吗？"

"不在一起，阿米德。炮弹落下来时，她不在床上。我们的身体被炸成了碎片，飞向了相反的方向。"

"我们在厨房里找到她，"阿米德害怕地说，"她在做蛋糕。"

"做蛋糕？"

"是的，是妈妈说的。"

"是因为那些狗，阿米德。"

"狗？"

"是的，是狗！她一定是半夜里醒来了，因为她怕狗。你知道，我们的敌人，就在山那边。她总觉得在厨房里是最安全的。"

"也许你说得对。"

"听着，阿米德，你没有权利让你弟弟来替换你。"

"我也不愿意，是妈妈强迫我这样做的。"

"你没有听你父亲的话，犯了一个大错。"

"可是，爷爷，阿齐兹他病了……"

"我知道，我什么都知道！但你违背了上帝的旨意。"

"我没有！"

"你违背了，阿米德。所以，你奶奶和我才分离了。由于你的错，我要死上一千次；由于你的错，你奶奶找不到上天堂的路。"

"不！"

"我们在茫茫的黑暗中迷路了。如果你不用自己的血为我们的死报仇，我就找不到你奶奶沙楠。你也要为我们复仇啊！光你弟弟的血是不够的！"

"不！"

"为我们报仇，否则我和你奶奶将永远在死人的世界里游荡。"

"不，我不愿意！放开我，爷爷！"

"我不想强迫你这样做，但现在，我已经别无选择。我走出黑暗，让你能够看清我。你看，阿米德，那些狗对我做了什么。看看在我身上、在我脸上留下了什么。我甚至已经没有眼睛。看看这张跟你说话的嘴，它不过是一个血淋淋的伤口。看啊！"

这时，阿米德看见一张大嘴满含着血，向他走来。

　　"小偷！小偷！

　　"我将揭发你！

　　"你偷了你弟弟的命！

　　"又把他的身体剁碎！

　　"藏在你的枕头里。"

　　那天晚上，阿米德恐怖的叫声惊醒了祖哈尔和塔玛拉。他们来到儿子的房间里，只见他站在床上，指着窗户，恐惧地大喊。他咬伤了自己的手，把血涂得满脸都是，不断地重复说，多迪的大嘴想把他吃掉。

　　天亮时，祖哈尔借了邻居的货车。必须采取措施。阿米德发高烧了，说胡话。弟弟死了以后，他体重不断减轻，现在瘦得皮包骨。塔玛拉用一床被子把他裹起来，跟他一起爬上货车。她自己好像也发烧了，止不住地流泪。几个月前，祖哈尔曾租了一辆汽车，带儿子阿齐兹去医院看病。那天上午，再次来到那个大城市，他还以为带来的是同一个儿子。他并没有想到，这次，妻子怀里搂着的是阿米德。他们穿过了最近被炸得面目全非的许多村庄。突然，祖哈尔停下了货车。

"塔玛拉，医生告诉过我们，没救了。"

"不，这是不可能的！"

"我们必须让他平静地离开。再把他带到那里没有任何用处，对他来说这样只会更糟。对我们来说也一样。听着，咱们回家。"

"求你了，祖哈尔，必须带他去医院。"

"现在路上已经不安全了。你知道，一段时间以来，上路变得很危险了。再说，这无济于事啊，不是吗？对我来说，阿齐兹已经……"

"你没有心肝！"

塔玛拉差点要告诉丈夫两个儿子调换的事。但祖哈尔又发动了汽车，朝城里开去。

*

在医院里，当阿米德认出向他俯下身来的是父亲时，他明白一定发生了什么奇特的事。父亲从来没有这么温柔地笑过。祖哈尔变了一个人。

母亲给他讲述了他谵妄的这几天发生了什么事。医生把他当作阿齐兹，对他进行复查。结果应该猜得到：他们找不到癌细胞的影子了。对于医治他弟弟的医生来说，这确实是一个巨大的奇迹。对这种意想不到的痊愈，他们找不到任何解释。这一奇迹让祖哈尔沉浸在快乐之中，却让妻子忧心忡忡。

回到家里，祖哈尔对周围的人说，他的祈祷起作用了，上帝医治好了他儿子的病。父亲走到孩子身边，碰了碰他，好像想证实这孩子确实活着。他拥抱着儿子，不断地说，另一个儿子没有

白白地牺牲，上帝治好了他的兄弟，作为对他的
酬报。

阿米德感到很羞耻，甚至有些害怕。

不久，这个地区暂时平静下来。轰炸停止
了。收获的季节到了，祖哈尔雇了十多个人，帮
助他在柑橘园里干活。一筐筐柑橘堆满了小小的
库房，收获的季节很快就将结束。祖哈尔决定为
他牺牲的儿子阿米德和他另一个被上帝拯救的儿
子阿齐兹举办一场大庆典。他邀请大家在那年收
获的季节结束的时候来参加盛宴。

结果来了许多人，所有的雇工、部分家族
成员、邻居都来了。祖哈尔也邀请了哈利姆的父
亲马纳哈，当然，还有苏拉耶。塔玛拉粉刷了屋
子，周围的妇女们则来帮她准备宴席。阿米德换
上了新衣。大房间里，挂着牺牲了的儿子的大照
片，相框上缀着花环，照片前挂着灯笼。阿米德

不敢看照片，每次从那儿经过，他都低着头。这
张照片是骗人的。家里从来没有来过那么多人。
大家聊着天，好像很高兴。这种闹哄哄的快乐也
是骗人的。在塔玛拉端上晚餐之前，祖哈尔一定
要带大家去看看他父母被炸的房子。他讲起了那
个致命的夜晚，看大家都听得很用心，他讲得就
更来劲了。他描述了炮弹震耳欲聋的爆炸声、随
之而来的难闻的气味、房屋的碎片、他可怜的父
母被炸碎的身体。大家转过身对着山那边大声咒
骂敌人。就在这时，阿米德感到有两只手按在他
的肩膀上，他扭过头，看见苏拉耶绽开的笑容。
他被吓得半死。

"你好吗？"

阿米德答不上来。

"你的舌头被狗吃了？"

话在阿米德的喉咙里打转。

"你是阿米德还是阿齐兹？很奇怪，我总是

分不清你们谁是谁。跟我上山的是谁，嗯？"

阿米德知道他在撒谎或者假装忘了。现在，大家都已经知道牺牲了的那个孩子的名字。从庆典开始，大家已重复了十多遍。那是他的名字。

阿米德没有对苏拉耶说话，回到了屋里。晚餐后，祖哈尔站起来，让大家安静，他请马纳哈给客人们讲几句话。马纳哈也站了起来，说起了他的独生子哈利姆牺牲的事。仅仅几个月，马纳哈老了许多。他声音颤抖，话从他嘴里说出，就像是落下来的烂水果。他信誓旦旦地说，自己是天底下最幸福的父亲，他儿子已经上了天堂。接着，祖哈尔又请苏拉耶说几句。苏拉耶崇高的身份使大家都安静下来，充满敬意。

"我们伟大的诗人纳哈尔曾说：收获带来了希望，希望出现在不怕看见真相的目光上。"

苏拉耶一开口就这样说。阿米德永远也不会忘记这段话，后来还常常默念。他觉得这段话既充满智慧，又让人困惑，就像一个缠住人不放的谜。他相信，苏拉耶是专门说给他听的。这是一种幻觉。苏拉耶的真相和他的真相没有任何关系，但他年龄太小，不能真正理解它。

"目光就像是鸟，需要翅膀才能飞行，否则，它会掉到地上。"苏拉耶继续说，"我们永远不能在敌人面前垂下我们的目光，永远不能。仇恨和勇气就是带着我们的目光飞到山那边的翅膀，有了它，我们才能揭穿只有狗才会乱说的谎言。

马纳哈和祖哈尔懂得这一点，他们的儿子也懂。"

说着，苏拉耶来到牺牲者的照片前面，那张照片就像镜子倒映着阿米德的样子。苏拉耶说起"阿米德"如何勇敢，牺牲得如何壮烈，说了很长时间。他的话绕来绕去，回到了开头，然后更大声地重说一遍。苏拉耶似乎有说不完的话，所有的客人都如饥似渴地听着，一动都不敢动。过了一会儿，阿米德发现自己已经不再听他说话，而是盯着苏拉耶的嘴唇。那张嘴在他胡子拉碴的脸上显得格外突出，它在大房间里吐出一些没有任何意义的空话，最后变成了噪声。苏拉耶所用的词就像一些无力的小炮弹，在空中飞着，后面拖着一缕缕沉默。

阿米德走到他身边，靠得那么近，苏拉耶不由得停止了说话。他弯下腰，抱起阿米德，惊讶地看着。阿米德突然感到很难受，就像有只动物想从他肚子里逃出来一样。他看见苏拉耶的嘴里有个东西，在张得大大的嘴里，就在他眼前。一个他不用看就能看见的东西。

*

"什么，阿齐兹？你在苏拉耶的嘴里看见了什么？"

阿齐兹盯着迈克尔的眼睛。自从他们认识后，这是第一次。

"我不知道怎么向您解释，老师。我说不出来。"

"一个幻象？你产生了幻觉？"

"也许吧。是的，像是一种幻觉，但没有景象，更多是一种气味……"

"你见到了一种气味……"

"老师，我不知道。不过，有一种让人不安的东西在当时进入了我的心中……像是一种预感……"

"从他的嘴里进入你的心中？"

“是的，是这样。”

“一种什么预感？”

“一件可怕的事情发生了，跟我弟弟有关。那件事就在苏拉耶嘴里。它待在那里，像是一种回忆，又像是一种感觉……我……我发现，跟您说话的时候，这些其实并没有什么意义。”

“不，恰恰相反，阿齐兹。继续说，求你了。后来怎么样了？”

“我浑身发抖，抖得骨头都要散架了。苏拉耶把我拉到他身边，用双臂紧紧地抱着我。我原先感到肚子疼，这会儿变了，我是想说，我不再感到疼了，而是觉得有一股力量，想不顾一切地从我体内冲出来。我挣脱了苏拉耶的拥抱，向弟弟的照片跑去，一拳打烂了相框上的玻璃，把照片撕成两半，然后当着所有客人的面，大喊：‘照片上的这个人是我，阿米德，从来就没有发生过什么奇迹，走的是阿齐兹！’

"父亲一把抓住我的脖子，把我提了起来，扔到墙上。我晕了过去。当我醒来的时候，我已经躺在自己的床上。母亲弯着腰，脸贴在房间的窗上。我喊了她一声，她朝我转过身来。我差点认不出她来。她的脸肿得厉害，眼睛四周是黑黑的眼圈，鼻子上有干了的血迹。她说话非常艰难。她告诉我说，我不能再住在这栋房子里了。我成了一个没有父母的孩子。"

"你不得不离开家？"

"是的，我去了城里，住在我父亲的一个堂兄家里。我在那里生活了几个月。他们虐待我。我给家族丢了脸，不配吃他们给我吃的东西。我几乎得不到原谅。我想见我母亲，但没有她的消息，父亲不让她再见到我。后来，有一天，父亲的堂兄告诉我，我得去美洲。我不敢相信他说的话，但这是真的。当我到了美洲，我才知道，母亲在她妹妹的帮助下，为了让我离开那个国家安排了一切。

"我是和另外十来个避难者坐船来到这里的，住在达丽尔姨妈家里。她怀的孩子流产了。见到她的时候，我哭了。她很像我母亲，我哭得伤心欲绝。"

阿齐兹盯着眼前的咖啡杯，没有说话。迈克尔不敢打破沉默，他抬起头，望着餐厅的大玻璃窗。在走了很长时间以后，他们躲进了这家餐厅。夜幕很快就降临了，迈克尔远远看见有一条河流在蓝色的光亮中变暗。现在，雪下得小一些了，在路灯的光亮中，几片零散的雪花在闪耀。

"你愿意我叫你阿齐兹还是阿米德？"

"你可以继续叫我阿齐兹。"

"还冷吗？"

"不冷了，老师。"

迈克尔买了单，两人走出了饭店。人行道、马路、行人、停在路边的汽车顶部全都覆盖着一层洁白的雪。在地铁站分手前，迈克尔问阿齐兹是否还回来上课。

"戏中的孩子会怎么样？"阿齐兹反问道。

"别担心，索尼不会死的。"

*

阿齐兹回到了表演班。迈克尔松了一口气，同时，阿齐兹的归来，也让他觉得多了一分责任。他答应不让索尼死去。为此，他要重写剧本，那个雇佣兵要孩子给一个不杀他的理由。怎么修改这个结尾呢？说些什么话才能打动那个因战争而绝望和失去人性的邪恶士兵呢？犹豫了很久之后，迈克尔鼓足勇气，建议阿齐兹讲述他童年的故事，也就是几天前在马路上讲过的那个故事。

他找不到比这更好的办法了。

阿齐兹的话，哪怕是即兴的，也比他能为这出戏所写的一切更合适、更真实。

他相信如此。

　　他心想，如果那个士兵听一听那个生病的小男孩扎着炸药皮带的故事，听一听那对孪生兄弟互换的故事，这个故事并不是戏里的故事，而是真正发生过的；如果那个士兵听着这个故事的时候，想起了自己的儿子，想到自己的儿子跟讲述这个故事的小男孩是如此相像，这故事滚烫得就像昨日的回忆，他心想，那个士兵也许会良心发现，不会把索尼当成狗一样打死。

　　"我做不到。"阿齐兹一口拒绝。

　　"你可以用你自己的话来说，只说一些重要的东西，这只需几分钟。"

　　"我做不到，老师。"
　　"能不能考虑考虑？"
　　"不必了。"
　　"我可以帮助你。"

"我做不到！"这回，他是在喊，断然拒绝了商量的余地。

"我不应该要求你这样做的，请原谅。我想想其他办法吧。别担心，我会找到办法的。索尼不会死的。明天见，阿齐兹。"

阿齐兹没有告别就离开了。

那天，迈克尔在学校的演出大厅排练。那是一个机动的场地，可以容纳一百多个观众。背景、灯光、服装都由布景系的学生们设计和制作，迈克尔和同事监制。全班同学第一次在有布景的大厅里排练，这一天应该是够累的。合唱部分的节奏非常慢，人们推荐给迈克尔的灯光设计大部分都要重来。大家又累又激动，纷纷离开了大厅，除了阿齐兹。迈克尔拉住了他，要跟他谈谈。索尼这个人物的结局把这个年轻人吓得够呛。迈克尔感到很失望。

　　阿齐兹离开之后，迈克尔在布景当中待了很久。整个演出场地，人们都在有机玻璃地板上铺了沙子，地板下面安装了十来个射灯。灯光是从地下照上来的，把沙子照得通亮，根据剧情的需要，有时可以让它变得滚烫，有时可以让它变得冰凉。黎明或黄昏就诞生于这种沙漠的气氛中。演出过程中，沙子被演员们来回走动的脚划出一条条痕迹，勾勒出许多光芒的小路。于是，地板变成了明亮的背景，向观众诉说着残酷的秘密，或展现希望的迹象。

　　迈克尔坐在沙子上，被黑暗所吞没，他创造的那个雇佣兵形象萦绕在他的脑海中。那不是个魔鬼吗？迈克尔没有上当受骗。他写这个剧本不仅仅是想让学生们思考些什么，也向自己提出了一个问题：恶究竟是什么？指责犯下战争罪行的人是杀人犯，是残忍的野兽，这太容易了，尤其是对那些远离造成这些冲突的环境的评判者来说，冲突的根源已经消失在历史的旋风之中。如果是你，在这种环境下你又会怎么做？你会不会像几百万其他人一样，为了捍卫一个主张、一小块领土、一条边境线、一点石油也杀人放火？在某种情况下，你是否也会滥杀无辜，杀死妇女和儿童？或者，你是否有勇气冒着生命危险，拒不服从命令，拒绝用冲锋枪去扫射手无寸铁的平民？

"我没有把事情全都告诉你，老师。"

迈克尔吓了一跳。他刚才陷入了沉思，没有注意到阿齐兹回到了大厅。他在一排排座位当中寻找着阿齐兹的身影。

"我看不太清楚，打开你旁边监控台的灯光。"

为方便排练，大厅正中安装了演出监控台，

这样，进行灯光或音乐调度时会更加方便。当阿齐兹打开监控台的灯光时，舞台的地板亮了，迈克尔的眼睛被照花了。

"太漂亮了！"

"什么漂亮，阿齐兹？"

"布景。穿过沙子的这道灯光，像是倒过来下的雨。"

"是的，来自地下的一道光雨。确实是这样。"

"我没有把一切都告诉你，老师。"

"关于什么？"

"关于苏拉耶。"

"你想说什么？"

"我从他嘴里看到的东西，您想起来了吗？"

"你想谈谈你的预感？"

"是的，那东西……是个谎言。"

"过来，到舞台上来找我。"

阿齐兹过来坐在沙子上。灯光把他的脸照得变了模样，让他变得成熟了一些，显得更坚强了。

"苏拉耶说谎，老师。他把我和弟弟带到吉普车上的那天，他对我们撒了谎。"

"什么意思？"

"他对我们说，山上埋了地雷，说那天是上帝给我们指引着道路。这是说谎。那座山上从来就没有地雷，上帝也没有弄断我们的风筝线，它不过是被风吹断罢了。而且，我们在山那边看到的，并不是军营，而是难民营。苏拉耶把我们全都骗了。他骗了我父亲，骗了我们大家。"

"这太可怕了。"

"是的，很可怕。"

"我很抱歉，阿齐兹。"

"苏拉耶一直在骗我们，老师。由于他，天堂成了废墟，我弟弟成了杀人犯。"

"别这么说，你弟弟不过是个孩子。"

"我有权这么说。"

"别指责他成了杀人犯。要么就是我没有搞懂。怎么回事，阿齐兹？"

"由于达丽尔的丈夫，我弄清了许多事情。父亲老是对我们说，姨妈嫁给了一个敌人。起初，我很怕他。但没办法，我没得选择，只能住在他家。我也感到很羞耻。羞耻是因为，假如是我背着炸药皮带去了山那边，杀死他的家人或邻居的就是我。我想象了许多可怕的事情。随着时间的推移，我慢慢地发现，姨父并不像我父亲所说的那样，是一条狗，而是一个正直善良的人，他逃离自己的祖国，是因为无法忍受炸弹、谋杀、屠杀和谎言。当我说我想当演员的时候，姨妈同意了，但他不同意。他试图让我打消这个念头，想让我跟他一样，做一个工程师。他说，我口音那么重，谁都不会给我角色演的。他说我无法在新的国家工作，我太与众不同了。我坚持自

己的主张，对他说：'可是，马尼姨父，这是我
最想做的事情。我会很卖力地工作，你将看到，
我会成功的。谁都不会说我有口音，谁也不会知
道我来自哪里，谁都不会知道。'他不听。于
是，我跟他说起了声音和星星的故事。"

"声音和星星？"

"别以为我疯了，老师。可是，每天晚上，
望着天空，我都会想起弟弟。我在天上寻找他。"

"找到了吗？"

"没有。我弟弟从天上消失了，但这没办
法，我只好继续寻找。"

阿齐兹抓了一点沙子，看着从他举起的拳头
中慢慢漏下来的那缕细沙。沙粒被光线照到的时
候，闪亮闪亮的。

"我对马尼姨父说过，如果我当不了演员，
我就去死。"

"你真的说过这话？"

"真的。"

"这也许有点夸张。你那会儿多大了？"

"刚满14岁。"

"你已经知道自己想当演员了？"

"是的。"

"那声音又是怎么回事？你跟你姨父说了你听到的声音，哈利姆的声音，还是你爷爷的声音。是这样吗？"

"不，那些声音在我到这里的时候就消失了。但其他声音出现了，更多别的声音。我跟姨父说的是这些声音。我对他说：'马尼姨父，别对达丽尔姨妈说，但我听到了一些声音，它们好像沉睡在天上，我的目光把它们从睡梦中惊醒了。它们呢喃着，对我耳语道，它们的痛苦充满了我的脑袋。它们数量众多，多得就像在黑夜里钻了许多孔的星星。当我闭上眼睛，那些声音就在我脑海里响了起来。'姨父说我的想象力太丰富了，当我找到一份好工作，当我找到生命中的女人，当我自己也有了孩子的时候，这一切都会消失的。"

　　"然后呢？"

　　"我坚持自己的看法，对他说，我觉得有几十个人待在我的头脑里。'马尼姨父，也许你说得对，我的想象力太丰富了，但怎样才能减少这种想象呢？我身上好像永远背着一座小城市。我听到孩子们在玩，在欢笑，有时在唱歌，然后，我不知道为什么，他们突然哭喊起来。这时，我听到了另外的声音，和我父母年龄差不多的男人们和女人们的声音，还有一些年龄更大的人疲惫的声音，所有这些声音都在恐慌地乱叫、呻吟、哀叹、狂喊，汇成一片尖叫声。马尼姨父，你知道我是怎么想的吗？这些声音，它们全都想让别人听到，它们想真正存在，而不仅仅是像幽灵一样出现在我的头脑中。如果我成了演员，我就能把它们都展现在世人眼前，给它们以语言。语言，你明白吗，马尼姨父？这样，大家就都能听到它们了，通过真正的词汇和句子。否则，

它们会死在我身上，或者说，我将变成一个幽
灵。'"

"阿齐兹，你的想象力确实很丰富。你把这
些都告诉你姨父了吗？"

"当然，老师。我没有别的选择。"

"为什么？"

"因为这是事实。"

"你姨父有什么反应？"

"他告诉了我另一种真相。马尼姨父对我
说：'我的小阿齐兹，我知道你要说什么了。是
的，现在，我明白了。你刚才向我描述的那些声
音，我在猜它们是从哪里来的。遗憾的是，它们
不仅仅来自你的脑海。我想，是时候了，该告诉
你关于你弟弟的真相了。我一直不认识他，我所
知道的关于他的一切，都是你达丽尔姨妈告诉我
的，不是你。但我想让你知道，对我来说，你是
阿米德，又是阿齐兹，你是两个人。别再寻找你
弟弟了，因为他就在你心里。'说着，姨父抓住

我的手，紧紧地握着，'听着，阿齐兹，你讲的关于苏拉耶的一切，我都核实过了。我告诉了我信任的那些严肃的人，也写了信给其他人。我还在当时的报纸上寻找过，我现在在那里还有不少熟人，尤其是记者。我可以向你保证一件事情：山上从来就没有地雷，苏拉耶跟你们说的都是假的。你弟弟根本没有去山的那边，那不是他的任务。并没有什么军营要炸毁，山的那边只有可怜的难民营。他们带走你弟弟的那天，是往南走，跟哈利姆走的是同一个方向。谁也不知道你弟弟走向死亡之前他们是怎么向他解释的。他们可能是通过秘密隧道越过边界的，但我不敢向你保证。不过，有一点可以肯定，没有任何东西能让你弟弟的死从我们国家的历史中抹去。他在一百多个孩子当中引爆了自己。那是些孩子啊，阿齐兹，跟他同龄的孩子。死了几十个人，还有几十个人严重炸伤。那些孩子是去参加风筝比赛的，出发之前，他们在一个学校集合，看了一场木偶演出。我今天本来不想告诉你的，我经常对你达丽尔姨妈说起这事。我们知道，总有一天，你会知道的。开始的时候，我甚至有点惊讶，你还在那里的时候怎么就不知道。我想，他们一定是想方设法向你隐瞒了这个消息，想把它变成一件好事。刚才，你跟我说起你常常听见那些声音时，我就不禁想起那些被炸死的孩子和他们的父母撕心裂肺的痛苦。我以为你在心里暗暗哀悼那些死去的孩子，以为你听到的是这些声音并为此感到痛苦。这也许是你弟弟把手按在导火索上的时候向你发出的最后信息。并不是什么事情都有解释的，甚至包括战争，我们说不清楚它为什么要杀害孩子。'这就是我姨父那天告诉我的事情。"

阿齐兹站起来，在沙子上踩了一脚。地板上升腾起一片尘雾和光雾，弥漫着舞台。

"我弟弟是个杀人犯。我无法像您要求我的那样讲述他的故事。这无济于事，也不能拯救任何人，更不能拯救孩子。找些其他东西来演吧。"

迈克尔不知怎么回答他，话堵在了喉咙里。

"我弟弟是个杀人犯，他杀死了许多孩子，老师！"

他不断重复这句话。迈克尔看了他一会儿。阿齐兹站在迈克尔面前，像是在等待什么。由于扬起的灰尘，他周围的空间像有很多细孔，在渐渐消逝。迈克尔也站了起来，想拥抱他，把他搂在怀里。他应该这样做。阿齐兹只需要安慰，迈克尔坚持一下，就可以让他恢复原先的决定。他应该把他的故事讲出来，这是解脱的最好办法。他弟弟的自杀式爆炸，不管是发生在布满孩子的学校里还是军营里，都改变不了战争的逻辑。在这两种情况下，目的都是要摧毁敌人，消灭他们进攻和自卫的能力。迈克尔想把这些话说出来，但又觉得这样很卑鄙。他理不清自己的思路，推理不下去了，证据好像是错的。杀害无辜儿童和炸毁兵营是有区别的。无论是谁，都能看出这种区别。不知不觉中，迈克尔设身处地，进入了他所创造的那个外国雇佣兵的角色。在阿齐兹的故事中，什么东西会打动他？什么东西会让他饶恕那个孩子？一个在某种环境下会杀人的男子，听了这个孪生兄弟的故事又会怎么样？

问题接二连三。迈克尔担心，所有可能的答案都是一些幻觉，甚至连这出戏，他现在都觉得是自负和徒劳的。他担心面对阿齐兹的故事，自己的戏剧事业会像纸牌屋一样倒塌，因为有一个事实是无法回避的：阿齐兹的弟弟，一个9岁的小男孩，在与他同龄的孩子们当中引爆了炸弹。

迈克尔竭力与这种担忧做斗争。他走过去，关上监控灯，打开大厅的顶灯。他再也受不了这种会造成众多影子的灯光。他请阿齐兹过来，坐在他身边。两人久久地望着眼前的空白，舞台的那张大嘴，它可以撒谎，也可以讲出真相。

"为什么同意去做这种不可思议的事情？这个问题你一定问了自己几百遍，是吗？"

阿齐兹怔怔地看着眼前。迈克尔等了一会儿，以为他会回答，但阿齐兹似乎茫然若失。

"你指责弟弟是杀人犯，这是不公平的。当他去做人们期待他去做的事情时，你怎么知道他心里在想什么？直到最后一刻人们还在骗他。我不知道，也许他被迫吸了毒……"

"老师，你不知道自己在说什么。"

"你说得对，我什么都不知道。我大着胆子写了一个关于战争的剧本，但我完全不知道它在讲什么，又会造成什么后果。我不知道自己在干什么，是吗？"

"我不想伤害您。"

"但你伤害了。"

"那请您原谅，老师。"

"别道歉。在我们的生活中，有时会发生一些事情，让我们清醒过来，让我们走出平庸。"

"我喜欢您的剧本。"

"谢谢，但还没有写完。而且，我没有兴趣知道你是否喜欢我写的东西。问题不在这里。"

"您生气了，老师。"

"是的，我生气了。"

阿齐兹站了起来，慢慢地朝大门走去。迈克尔没有动，更没有拉住他。

索　尼

　　阿齐兹没有再来参加排练，也没有接迈克尔或同学们的电话。这个问题很严重，给他的学业造成了危险，他有可能被学校开除。首演前的两天，迈克尔别无选择了，把阿齐兹的台词分配给三个学生，在那么短的时间里，尽量让他们少记一些台词吧！最后一幕，那个雇佣兵不再面对索尼，而是离开了舞台，直接对观众说话。这样，每个观众都成了那个孩子。迈克尔对这种解决办法并不满意，因为这不能清楚地告诉大家雇佣兵的决定：他会杀死这孩子还是会让他活着？答案将抽象地在观众的脑海中回荡。但迈克尔的精神陷入了紧张状态，他找不到更好的办法。

　　阿齐兹的缺席大大地影响了剧组的士气。剧情的改变让有些人的演出质量打了折扣。迈克尔

尽最大努力保持镇静，丝毫没有流露出自己的忧
虑，而是更多地鼓励大家。但他动摇了，他没有
处理好跟阿齐兹的关系。事实上，他对阿齐兹在
那个国家的经历，对阿齐兹想起弟弟的最后时刻
时所感到的痛苦，没有丝毫具体的概念。阿齐兹
的弟弟是否明白别人要他做什么？是否知道他的
行动有多可怕？他直到最后一刻还受人操纵吗？
他是否被迫完成那个不可思议的任务？这些没有
答案的问题让他这个关于战争的剧本显得非常苍
白，也让他觉得自己无能为力。他怯场了，比怯
场更严重的是他的悲伤。

开演前的一个小时，让他大吃一惊的是，
他的紧张情绪突然消失了。也许他在不知不觉中
麻木了，以便自我保护，免得忧虑过度？于是他
坐在观众席上，而不是像原先设计好的那样坐在
监控台前。演出晚了几分钟开始，但基本一切顺
利。可他无法集中精力去看、去听，好像自己的
剧本让他坐立不安，让他感到羞耻。他试着在脑

海中给学生们的演出打分，以便演出之后交给演
员们。他没忘记这也是一种教学练习。但他失去
了演出的线索，注意力集中不起来。他突然意识
到自己在想阿齐兹的弟弟。他想象一个9岁的小
男孩，把炸药皮带贴在肚子上，外面穿着衬衣。
他观察正在看演出的孩子，他们并不像他把它当
作一个战争故事，而是当作一个让他们开心的故
事。他听见了他们的笑声。阿齐兹的姨父提到过
一场木偶戏。他很想知道那个背着爆炸装置的孩
子，在那一刻是否忘了把手放在引爆器上，引爆
器是由一个机械运动所操控的。他最后想知道阿
齐兹和他弟弟的悲剧命运是否会偏离他的轨道。

由于试图逃避自己写的台词，而戏也已接
近尾声，迈克尔并没有注意到台上发生的事情。
演员们惊讶得一片寂静，这才让他走出自己的内
心世界。阿齐兹神奇地出现在舞台上。他站在花
园一侧，穿着冬大衣，脖子上围着红色的围巾。
他刚从外面进来，可以清楚地看见有些雪还在他

的肩上融化。迈克尔发现四周的观众骚动起来。显然，大家都在问，这个刚闯进来的男孩是不是戏中的角色，他穿着跟这沙漠背景很不协调的衣服。演出过程中，沙子已全被演员的脚扫光了，现在，整个地板一片光亮，使演员们充满了诗意，或像幽灵，这要看他们所处的位置。骚动了一会儿之后，演出恢复了正常，但一切都不一样了。一种庄严的气氛弥漫全场，笼罩着演员和观众。

阿齐兹往前走了一步。

"听着，当兵的，我叫索尼，今年7岁。"

他以这种方式来称呼扮演杀死他父母的凶手的演员，然后，又朝士兵的方向迈了一步。

"听着，当兵的，我叫阿齐兹，今年9岁。"

他又走了一步。

"听着，当兵的，我叫阿米德，今年20岁。在我的脑海中，还有别的名字，别的年龄，多得很。跟你说话的绝不是一个人，我的头脑中承载着一个小国家。你刚刚杀死了我父母，又用大齿刀砍掉了我哥哥的双手，然后割断了他的喉咙。
你的动作干脆利落，漂亮得很。你一定有很多机
会来练习这些动作，所以看起来才那么潇洒。你
用崭新漂亮的冲锋枪打死我母亲时，动作熟练，
精神集中。是谁送给你的？是你收到的礼物？你
好像很喜欢它，非常爱护它。但你的衣服很脏、
很破，你的头发上全是灰尘，你的双手已被鲜血
染红。你的肩膀塌了，你的心像卵石一样碎了。
我很惊奇，你竟然会让我给你讲个故事。我很
小，在你眼里，我还是个孩子。你需要听一个孩
子讲个什么故事呢？也许，你看我的时候，看到
的只是一个孩子。也许，你看到的是你自己的孩
子……因为你也有个儿子。一个和我相似的儿
子。和我们相似，和我弟弟相似。"

　　阿齐兹来到了舞台中心。从地板下面照上来
的光线拉长了他的身影。他就像一团火焰，笔直
笔直的，被天空所吸引。他面向观众，问道：

"你多大年龄？你叫什么名字？你有自己的名字，到了当父亲的年龄，但你却拥有别的名字和别的年龄。我可以把你当作我的兄弟一样跟你说话吗？你可以用双手紧紧地握着你的冲锋枪，也可以把炸药皮带牢牢地扎在腰间。你的手将按在引爆器上，你的心将压在我的心上。你要我跟你讲个故事，否则你会睡着，那样的话，一不小心，你的手就会松开引爆器。我将一直跟你说话，直到时间的尽头，有时，这个尽头非常非常近。"

阿齐兹摘下他的长围巾，然后又脱掉大衣。迈克尔这时觉得，整个大厅里，只有他一个人在看着阿齐兹。但他知道，那天晚上，每个观众都有同样的感觉。

"听着，当兵的，即使在我目前所处的艰难环境中，我也还能思考。你对我说，如果我能给你一个说得过去的理由让你放过我，如果我能用一个故事吸引你的注意力，让你摆脱仇恨，你就留下我的命。我不相信你，你不需要别人给你讲故事，更不需要理由就能把我当一只狗一样打死。你想知道我现在像对朋友一样跟你说话时在干什么？我在为我父亲哭泣，在为我母亲哭泣，也在为我的兄弟们哭泣。我有成千上万个兄弟。"

阿米德朝观众走了最后一步。

"不，你不需要理由或仅仅需要理由才能做你觉得应该做的事。别到其他地方去寻找已经在你身上的东西。我是谁，我凭什么要代你来思考？我的衣服也很破、很脏，我的心也像卵石一样破碎了。我泪流满面，泪水撕裂了我的面孔。但正如你听见的那样，我的声音很平静。不仅如此，我的声音还很平和。我用我嘴里的和平跟你说话，我用我词汇中和句子中的和平跟你说话。我用7岁、9岁、20岁和1000岁的声音跟你说话。你听见了吗？"

译后记

一颗炮弹从山那边飞来，炸死了爷爷、奶奶，也打破了柑橘园的平静。当地首领胁迫父亲在一对9岁的双胞胎兄弟中选一个，充当人肉炸弹，到山那边进行报复。选谁呢？母亲希望选患了不治之症的弟弟，这样，家中至少还能留下一个儿子。父亲却不同意，在他看来，选择患病的儿子去"牺牲"，那是对上帝的不忠，将来是上不了天堂的。母亲瞒着父亲，悄悄地策划，将长相酷似的孪生兄弟调包，让弟弟顶替哥哥，背着爆炸装置，跟着地方首领上了山。

这是一本十分悲情的小说，在两个孩子当中选一个，让他去送死，这不但让人有剜心之痛，也是对灵魂的一次拷打。这种残酷的选择，我们在冯小刚导演的电影《唐山大地震》中见过。如果说电影中的选择是天灾造成的，无法回避，那么《孪生》中的选择却是人为的。为什么非要以暴制暴呢？部落（或宗教、地方）冲突非要用人的生命为代价做祭奠吗？但在某些地方，这也许已成了一种传统，有很深的宗教和文化背景，所以，内战不息，仇恨代代相传。倒霉的是平民，于是有的人背井离乡，逃到了别国，但这类人是会遭到乡民唾弃和鄙视的，比如书中的姨妈和姨父。"达丽尔经常写信给姐姐，尽管塔玛拉很少回信……她经常说想给塔玛拉寄钱，但塔玛拉断然拒绝了她的帮助……有一段时间，塔玛拉很讨厌妹妹。她恨达丽尔"，而"祖哈尔则早就不关心她的消息了。对他来说，达丽尔已经死了，他甚至不想碰她的信。'我不想被玷污。'他厌恶地说。"

但他们并非无情之人，父亲对两个儿子充满爱，爱得深沉。当他被迫"牺牲"一个儿子时，他变得沉默寡言了，整晚睡不着觉，整天忧心忡忡，就怕地方首领回来。但面对"荣誉""自豪"和"上帝"的目光，在金钱的诱惑和暴力的胁迫下，亲情变得那么苍白。相比之下，孪生兄弟之间的感情就显得纯洁和无私。弟弟义无反顾地提出替哥哥去赴死。哥哥有过胆怯，承认自己怕死，但无时无刻不在牵挂着弟弟。弟弟走后，他不吃不喝，忧虑成疾，总是站在窗前，看着夜空，寻找弟弟变成的那颗星星。最后，他终于经不住良心的谴责，在众人面前承认了"调包"，让家族蒙受了奇耻大辱，他也无法再待在家乡。经过一番周折，他来到了姨妈所移民的新世界。

然而，令人匪夷所思的是，他后来才得知弟弟充当人肉炸弹炸毁的，并不像地方首领所说的是"敌人的兵营"，而是在学校里联欢的一群和他同龄的孩子。整个事件充满了阴谋、欺骗、威胁、暴力和利诱，战争不但残酷，而且荒谬，它是建立在愚昧、盲从和迷信之上的。父亲相信，由于让病孩做牺牲祭奠上帝，爷爷、奶奶的尸体无法相聚，更上不了天堂。而哥哥也一直在天上找不到弟弟化成的星星，因为他炸死的是无辜的儿童。

然而，如果他炸死的是军人，是敌人，他就应该得到嘉奖，能上天堂吗？以暴制暴、以牙还牙是否值得提倡？被迫杀人是否可以得到饶恕和原谅？小说在第二部分逐渐揭露真相，思考恶的产生及其理由，试图弄清为什么有的地区多年来战乱不断、冲突频繁。作者没有明确告诉我们故事发生的时间和地点，就是为了强调这类悲剧的长期性和广泛性。

这部小说2013年在加拿大出版，至今已获得15个奖项，在美国、英国、德国、法国、西班牙、瑞典、以色列、荷兰等国出版，并已改编成戏剧，正在加拿大各大城市巡演，据说电影也在筹拍当中。作者拉里·特朗布雷是加拿大资深戏剧家，创作了大量剧本，《孪生》中的戏剧因素也很明显，尤其是第二和第三部分，讲的就是演出的事。主人公之一的哥哥来到新的国度，参演了一部揭露战争罪行的戏剧，但深受战争残害的他和没有亲身体验过战争的编剧兼指导老师之间在认识上发生了矛盾，于是，往事和当下、戏外的客观现实和戏内的想象世界结合了起来。小说的结构和语言也受到戏剧的影响，对话简洁明了，很有感染力，大段的叙述简直就是舞台独白，富有乐感和诗意。

译 者

2017年8月